취미는 사생활

n°
15

문학에서 발견하는
무한한 좌표들,
은행나무 시리즈 n°

취미는 사생활

장진영 소설

은행나무

차례

1

이 모든 일은 10월의 한파특보에서 비롯되었다. 64년 만의 가을 한파였다. 국민연금을 수령하는 노인들을 제외한다면 모두가 처음 겪는 기상이변이었다. 설악산의 나무들은 단풍이 들기도 전에 첫눈을 맞았다. 전국의 양상추가 얼어 죽는 바람에 맥도날드가 햄버거에서 양상추를 빼기로 결정했다. 약국과 편의점에서 종합감기약이 동났다. 시민들은 베이지색 트렌치코트가 택배로 배송되는 와중에 옷장에서 패딩점퍼를 꺼냈다. 얄팍해진 빅맥을 어리둥절한 표정으로 베어 물었다.

은협은 셋째 아이를 데리고 피부과의원에 갔다. 딸아이의 목덜미, 오른쪽 골반, 명치, 왼쪽 가슴 밑에 두드러기가 올라와 있었다. 긁지 말라고 족히 천 번은 말했지만 소용없었다. 말을 듣는다면 일곱 살이 아니었다. 소연을 꼼짝 못하게 하는 주문, 내년에 학교 안 보낸다는 협박도 먹히지 않았다. 은협은 바디워시를 약산성으로 바꾸고 로션을 기름지고 되직한 것으로 바꿨다. 잠들면 몰래 벙어리장갑을 끼웠다. 지난겨울 스키장에서 산 레몬색 앙고라 장갑이었다. 벌써 작았다. 이런 걸 끼고 자면 갇히는 꿈을 꿀 것 같았다. 긁는 것보다는 나았다. 아침에 두근거리며 이불을 들치면 장갑 두 짝이 여기, 그리고 저기에 흩어져 있었다. 이불과 잠옷은 아직 여름용이었고 하얀색이었다. 밤사이 피칠갑을 해놓은 모습이 아주 잘 보였다. 은협은 가렵지도 않은 자기 몸을 손톱을 세워 긁었다.

급변한 기온 탓인지 대기가 길었다. 동네에서 친절하기로 소문난 병원이었다. 온몸이 붉은 남자가 칠면조 껍질 같은 피부를 벅벅 긁으며 왜 예약을 안 받느냐고 구시렁거렸다. 은협은 자세를 고치는 척 소파에서 엉덩이를 살짝 떼 남자와 거리를 두었다. 소연이 정수기 쪽으로 밀려났다. 오후 열두 시 오십 분이었다. 십 분 뒤면 병원 점심시간이었는데 어찌 된 영문인지 계속 접수를 받았다. 몇몇 환자가 핸드폰으로 시간을 확인했다. 어딘가에서 라면 냄새가 풍겼다. 벽걸이형 텔레비전에 YTN 채널이 송출되었다. 전날 있었던 야당 경선 토론회를 요약해 보도하는 중이었다. 빨간 넥타이를 맨 후보 넷이 음성 없이 입을 벙긋거렸다. 자막으로 추측건대 전직 검찰총장이 나머지 세 후보로부터 비난받는 내용이 주인 듯했다. 간호사가 소연을 호명했다. 옆에서 남자가 본인이 먼저 왔다고 소리를 질렀다. 아까 소변이 마렵다는 소연을 데리고 화장실에, 두 번째로, 다녀왔는데 역시나 오줌은 나오지 않았고, 자리로 돌아왔을 때 순번을 오해한 모양이었다. 소연이 상냥하게도 차례를 양보하려 했다. 아저씨가 먼저 온 것 같다고 했다. 은협은 뻗대는 소연을 끌다시피 하며 진료실로 들어갔다.

소연이 의자에 앉으며 초코파이 같다고 난리법석을

떨었다. 두툼하고 동그란 갈색 가죽 시트를 보고 하는 말이었다. 의사가 무테안경 뒤로 주름을 만들며 웃었다. 약간 사시였다. 은협이 딸의 티셔츠를 벗겨 환부를 보여주려 하는데 의사가 제지했다. 간호사가 들어오면 보겠다고 했다. 아무리 어린이라 하더라도 맨살은 제삼자의 입회하에 드러내라는 뜻이었다. 혹시 모를 분란의 가능성을 제거한 것이었고 세상이 각박해졌다는 증거였다. 사시와도 관련 있을까 생각하다, 은협은 고개를 저어 그 무례한 추측을 몰아냈다.

"많이 가려워요?" 의사가 환자에게 물었다.

"아니요." 소연이 대답했다.

"네, 많이 가려워해요." 은협이 끼어들었다.

딸이 부정하고 엄마가 긍정하는 식의 상반된 주장이 몇 차례 이어졌다. 분위기가 법정 같았다. 간호사가 들어와 증인으로서 벽 쪽에 섰다. 은협은 아이의 환부 중 가장 증상이 심한 부위와 가장 성적이지 않은 부위 중에서 고민하다 덜 성적이지만 덜 심하기도 한 목덜미를 아쉬운 마음으로 내보였다. 초코파이 의자를 빙그르르 돌려 티셔츠를 살짝 젖히기만 하면 되었다. 간호사 입회 건이 아니었다면 아마도 가장 보여주지 않았을 곳이었다. 서비스센터에서 전자기기가, 평소대로, 심하게 고장 난 상태를 보이기를 바라는 마음과 비슷했다. 의사가 심하네요, 하고 놀랐기에 은협은 덩달아 놀랐고 다행인지 불행인지 모를 어정쩡한 기분에 휩싸였다. 변명하듯 명치, 가슴 밑, 골반 쪽은 더 심하다고 구두로 설명했다. 의사는 이전에 아토피가 있었는지 물었고, 없었다는 답변이 모녀로부터 돌아왔다. 이번에는 두 사람의 대답이 일치했다. 의사는 한파특보 얘기를 꺼내며 환절기에 흔히 보이는 증상이라고 진단했다. 혹시 모른다며 알레르기 검사를 권했다.

모녀는 주사실에서 간호사를 기다렸다. 소연은 울부짖기 직전이었다. 달래면 도리어 울음 버튼이 눌린다는 것을 알았으므로 은협은 아이의 머릿속에서 벌어지는 일을, 상상력과 공포를 무시했다. 간호사가 납작한 나무 상자를 품에 안고 들어왔다. 무얼 먹던 중이었는지 입안에 남은 음식물을 우물거렸다. 소연은 엄마에게 애원하는 대신 간호사에게 자신은 주사를 싫어한다고, 정중하게 양해를 구했다.

"간호사 언니," 침착한 태도와는 달리 목소리가 바들바들 떨렸다. "저는 주사를 싫어하는 편이에요."

"주사 아니야."

간호사가 손목을 붙든 채 왼쪽 소매를 걷어올리자 소연은 배신감에 치를 떨었다. 은협은 요란스럽다고 생각하며 나무 상자를 보았다. 얼마나 대단한 주사이기에 이렇게 모셔오나. 간호사가 상자 뚜껑을 열었다. 주사기는 없었다. 똑같은 모양의 갈색 병이 갈색 벨벳 천에 스무 개가량 누워 있었다. 가지런했고 먼지가 쌓여 오래되어 보였다.

"반응을 볼 거예요."

간호사가 포동포동한 팔에 2열 종대로 주사침을 찔러넣었다. 긴 점선이 두 줄 생겼다. 민첩한 동작이었고, 소연은 소매치기당한 촌뜨기처럼 얼빠진 표정으로 자기 팔을 내려다봤다. 그것도 반응이라면 반응이었다. 간호사가 각각의 용액을 스포이트로 한 방울씩 떨어뜨렸다. 잠시 기다리라고 말한 뒤 주사실을 나갔다. 라면 혹은 김밥, 혹은 샌드위치를 마저 먹기 위해서. 은협은 칠면조 살갗을 지닌 남자가 진료를 받았을지 문득 궁금했다. 의사에게 몸의 어느 부위를 보여주었을지. 간호사가 지켜보는 와중이었을지 아니었을지. 어쩌면 기다림을 견디지 못하고 그냥 집으로 돌아갔을 수도 있었다.

"나 주사 이십 번 맞은 거다." 소연이 협상을 시작했다. 엄마를 이겨먹는 게 삶의 유일한 목표인 애였다. "나중에 열아홉 번 안 맞을 수 있어."

"누구 집 딸내미인지 산수도 잘하네." 은협이 받아넘겼다.

문이 열렸다. 아까 소연의 팔을 무자비하게 찔러댄 간호사였다. 유니폼 앞섶이 둥글게 젖어 짙은 빛을 띠었다. 국물 같은 게 튀어 물티슈로 지운 모양이었다.

"세상에!" 칠칠치 못한 간호사가 소연의 팔을 살피더니 기쁜 듯 외쳤다. "스무 가지 항원에 전부 알레르기 반응이네요! 이런 거 처음 봐요!"

아닌 게 아니라 용액을 올린 자리마다 모기 물린 것처럼 발갛게 부풀어 있었다. 간호사가 의사를 부르러 뛰어갔다. 이곳은 점심시간이 없거나 있어도 유명무실한 듯했다. 편의점이나 미용실과 비슷한 시스템이었다.

은협은 오래 기다려도 좋으니 그들이 편히 앉아 식사하기를 바랐다. 의사가 입가를 닦으며 들어왔다. 매운 걸 먹어서인지 소문을 들어서인지 얼굴이 상기되어 있었다. 엉망이 된 팔뚝을 보더니 고개를 갸웃했다.

은협은 부당함을 느꼈다. "주사침 때문이에요. 자기 몸을 메모장으로 쓰는 애거든요. 손톱으로 긁으면 글자가 올라와요. 하물며 그렇게 날카로운 걸로 찔러댔는데."

"그렇군요……." 의사가 애매모호하게 답했다.

은협은 포기했다. 가장 궁금했던 사안을 재빠르게 물었다. "실비 되나요?"

의사가 엄숙한 얼굴로 고개를 세 번 끄덕였다. "이 경우에는요."

은협은 진료비를 수납한 뒤 보험사에 제출할 서류를 요청했다. 간호사가 서류를 출력해 스테이플러를 박고 도장을 찍었다. 은협은 불쾌함을 숨긴 채 딸을 이끌고 밖으로 나섰다. 원인 미상의 알레르기에 의한 접촉성 피부염, 그게 의사 소견이었다. 가려워서 긁는 게 아니라 긁어서 간지럽다는 뜻이었다. 칠면조 살갗을 지닌 남자는 자리에 없었다.

 덤프트럭 네댓 대가 병원 건물 앞 왕복 4차로 한쪽을 줄지어 지나가고 있었다. 싸늘한 대기에 덥고 건조한 바람이 일었다. 곧 천 세대 규모의 대단지 아파트가 착공될 예정이었다. 학세권은 아니었지만 서부 경전철호재가 있었다. 토지 보상 문제로 난항을 겪다 십수 년만에 이루어진 재개발이었다. 안 그래도 막히는 길인데 앞으로는 어떨지 벌써 걱정이었다. 소연이 바지 안으로 손을 넣어 엉덩이를 긁었다. 은협은 쓰읍, 하고 바람 빨아들이는 소리를 냈다. 긁지 마. 천 번 하고도 한 번째 긁지 마.

 "안 긁었어."

 "그래, 안 긁었어. 잘했어. 그러니까 앞으로도 긁지 마."

 은협은 손목시계를 들여다봤다. 생각보다 지체되었지만 발걸음은 다이소로 향하고 있었다. 덤프트럭이 다 지나가자마자 아이를 들쳐 안고 냅다 도로를 가로질렀다. 신호등이 애매하게 멀어 이쪽으로 건너도 저쪽으로 건너도 동선이 복잡해질 듯했다. 자식 넷을 둔 엄마에게 시간이란,까지 생각하다 은협은 빗댈 만한 대상을 찾길 포기했다. 시간이 없었다.

다이소에 새로 들어온 물건 중 괜찮은 게 있는지 살펴보았다. 평일 낮이라 손님이 없었다. 할 일이 없어 나온 게 분명한 할머니 몇이 전부였다. 손님 눈치는 안 보였는데 주인 눈치는 보였다. 은협은 작고 가볍고 파손의 우려가 없으며 여러 개 필요한 것이 무얼까 고민하며 돌아다녔다. 주방 코너에서 나무 수저 세트가 눈에 띄었다. 한 벌로 묶여 포장되어 있었고 천 원이었다. 인터넷쇼핑몰에 비슷한 품목이 있는지 검색했다. 똑같은 물건인데 삼천 원대로 가격이 형성되어 있었다. 판매자도 많지 않았다. 최저가 3230원, 배송비 2500원 별도, 3만 원 이상 무료 배송. 예쁘게 사진 찍어 올리고 그럴듯한 설명을 달면 사천 원까지도 무리는 아닐 성싶었다. 색이 어두우니 젠스타일이라고 우겨도 좋으리라. 수저를 한 벌만 사는 사람은 드물 것이므로 주문 건당 최소 두 세트는 기대해봄 직했다.

"이모 기다리실 거야. 민희도 기다릴 거야." 소연이 수저에 홀린 엄마의 옷자락을 불안스레 잡아끌었다. 무심결에 목덜미를 긁었다. "빨리 가자."

은협은 그래 가자, 하면서도 계속 수저 세트를 뒤적였다. 나무 색이 요즘 취향에 맞게 좀더 밝았으면 했다. 광택이 적었으면 했다. 짙고 번쩍거리면 자칫 제수용품처럼 보일 가능성이 있었다. 소연이 오줌 마렵다고 보채기 시작했다. 설득의 방법을 바꾼 것이었다. 아까 병원에서 화장실 안 가고 뭐 했느냐고, 아니 두 번이나 가지 않았느냐고, 안 싼 건 너라고 혼내자 시위하듯 목덜미를 긁어댔다. 분명 시위였다. 그렇게 하면 엄마가 고통받으리라는 걸 아는 게 분명했다. 이 애는, 어쩔 수 없이 은협은 인정해야 했다, 엄마를 조종할 줄 알았다.

"갖고 싶은 거 하나 골라."

말이 떨어지기 무섭게 소연이 머리핀 코너로 달려갔다. 허섭스레기 같은 분홍색 물건이 포진한 구역이었다. 어쩌면 이 순간을 기다리며 인내하고 있었는지도 몰랐다. 집에 가고 싶은 게 아니었는지도. 젓가락으로 헤집은 듯 머리가 지끈거렸다. 은협은 나무 수저 세트를 뒤집어 제조 공장의 정보를 확인했다. 메모해두었다가 나중에 전화해 문의하는 것도 방법이었지만 일단 하나 사보기로 했다. 그래봤자 천 원이었다. 게다가 진료비도 돌려받을 테니까. 계산대로 향하며 소연을 불렀는데 이번에는 저쪽에서 미적거렸다. 한 발로 종아리를 긁으며 매우 고심하는 기색이었다. 분홍분홍 코너에서 이 분홍과 저 분홍을 들었다 놨다 하고 있었다. 하도 주물럭거려 손때에 절었을 것 같았다. 소연은 무얼 고르는 데 항상 애먹는 편이었다.

"가자." 은협은 머리핀 코너로 가 선택을 재촉하기 시작했다. 가슴이 기쁨으로 부푸는 게 느껴졌다. 고민하는 딸애의 옆얼굴이 너무 귀여웠다. 빨갛고 뾰로통하고 거의 땀까지 흘릴 기세였다. 작고 무거운, 밀도 높은 눈물을 몇 방울 떨어뜨릴지도 몰랐다. 아아, 이 애를 괴롭힐 때 은협은 가장 살아 있었다. "이모 기다리실 거야. 민희도 기다릴 거야."

"잠깐만!" 똑같이 생긴 분홍색 머리핀 두 개를 양 손바닥에 얹은 채로 소연이 외쳤다. 글리터와 에나멜의 세계. 도대체 저게 왜 좋을까. 한쪽 종아리가 운동화 밑창에 긁혀 허옇게 일어나 있었다. 방금까지만 해도 저기는 괜찮았었다. 분명 그랬다. 소연은 새 환부를 타고 난 성실함으로 개발하는 중이었다.

"셋 셀 때까지 못 고르면 하나도 못 사. 하나, 둘……."

"제발!" 소연이 애처롭게 삑삑거렸다.

"셋!" 터져나오려는 웃음을 참으며 은협이 마지막 숫자를 셌다. "둘 다 해. 주사도 스무 방이나 맞았으니까."

머리핀을 쥐느라 펼 수 없는 양손으로 소연이 엄마의 허벅지를 끌어안았다. 얼굴이 배꼽까지 왔다.

두 사람이 101동 2202호 현관문을 노크하기까지는 시간이 좀더 걸렸다. 다이소에서 나무 수저 세트 하나와 머리핀 두 개를 구입하고 나온 모녀는 잠시 후 피부과의원 접수대에 나란히 서 있었다. 새로운 환자들이 엇비슷한 증상으로 대기실 소파에 앉아 있었다. 몇몇은 자리가 없어 서성거렸다. 다들 상당한 두께의 외투 차림이었다. YTN 채널에서 양상추 빠진 맥도날드 햄버거 소식이 나왔다. 다들 각자의 핸드폰으로 그와 비슷한 종류의 기사를 봤다. 방금 도로를 무단횡단한 터라 어린 환자와 보호자는 숨을 몰아쉬어야 했다. 은협은 열이 올라 카디건을 살짝 젖혔다.

"성함이?" 간호사가 반말인지 존댓말인지 모를 말로 물었다. 유니폼 앞섶이 말라 거의 감쪽같았다.

"이은협이요." 유니폼의 미묘한 얼룩에 정신이 팔린 은협이 얼떨결에 자기 이름을 댔다. 간호사가 이은…… 하고 중얼거리자 얼른 덧붙이기까지 했다. "농협 할 때 협이요. 이은협."

새로운 환자가 접수를 위해 뒤에서 기다렸다. 누군가와 통화하는 듯했다. 젊은 여자 목소리였다. 어, 오빠가 말한 병원 왔어. 사람 개많다. 아니, 못했지. 예약 안 받는다네. 그래? 바뀌었나보지.

"저희 병원에 내원하셨던 거 맞으세요?" 이번에는 이상한 존댓말이었다.

"아까 점심시간 전에…… 열두 시 오십 분쯤으로 기억해요."

간호사가 접수대 아래 가려져 있던 존재를 발견하더니 아! 했다. 모든 항원에 알레르기를 반응을 일으켰던 소녀. 주사침에 스무 번 찔린 여자애. "김소연 어린이 보호자분 맞으시죠?"

"아, 맞아요. 김소연. 김소연이요."

문제의 어린이가 은협의 손을 끌어당겼다. 오줌이 마렵다고 했다.

"무슨 일이신데요?"

"진료비 계산서를 받아야 하는데 진료비 납입확인서를 주셨어요. 제가 아까 분명히 진료비 계산서를 달라고 했는데. 그리고 진료비 세부내역서는 아예 안 주셨고요."

뭐가 미련해, 뒤에서 젊은 여자가 언성을 높였다. 피부과는 여드름 고치는 데인 줄 알았지. 염증 주사 맞고 압출하러 많이 갔었어. 보톡스도 맞고. 얼굴만 치료하는 줄 알았다니까. 응, 알아, 얼굴도 몸인 거 나도 안다고. 몸에 붙어 있잖아. 연결되어 있잖아. 바보니?

간호사가 키보드를 부술 듯이 타이핑했다. 모니터에 시선을 고정한 채 뚱하게 말했다. "진료비 납입확인서랑 진단서 드린 걸로 나오는데요."

"네, 제 말이 그 말이에요. 진단서는 잘 주셨고요, 근데 진료비 납입확인서 대신 진료비 계산서를 주셔야 해요. 진료비 세부내역서도 추가로 주셔야 하고요." 은협은 숨을 가다듬었다. 고작 차선 네 개를 가로질렀을 뿐인데 호흡이 쉽사리 정돈되지 않았다. 운동 부족이 실감되었다. 노동은 운동이 아니었다. "그러니까 제 말은, 진료비 계산서는 진료비 납입확인서로 잘못 주셨고, 진료비 세부내역서는 아예 주지 않으셨다는, 그런 말씀이에요."

"진작 그렇게 말씀하셨어야죠." 간호사가 무언가를 가열하게 타이핑하더니 새로 인쇄한 출력물을 책상에 착착 두들겨 정돈했다. 네 귀를 맞춰 철한 서류에 도장을 찍었다. 도장이 부서지지는 않을지 걱정스러웠다.

존나 오래 걸리네. 오늘 못 만날 것 같은데? 뭐가 왜야. 내일모레 끝날 것 같으니까 그러지. 아직 접수도 못 했어. 기다리는 사람 버글거리는데. 알아, 나도 안다고. 근데 오빠, 얼굴이 몸이면 폼클렌징이랑 바디클렌징은 왜 따로 파는데.

"엄마…… 쉬 마려워."

"쉿!"

미친년, 미련한 소리 하고 자빠졌네. 여자가 새롱거리며 웃었다. 아니 오빠 말고. 왜 오해를 하고 그래. 오빠한테 한 말 아니라니까?

은협은 차분하게 서류를 확인했다. 진료비 세부내역서와 진료비 납입확인서였다. 낚싯줄로 만든 올가미에 목이 걸린 느낌이었다. 숨을 길게 들이마시고, 내쉬었다. "진료비 세부내역서는 맞게 주셨네요. 정말 감사합니다."

은협은 마음의 준비 없이 접수대에서 돌아섰다. 여자와 눈이 마주쳤다. 예뻤고, 기대했던 것보다는 밝은 표정이었다. 여자가 뒤로 한걸음 물러나며 어깨를 으쓱했다. 아까 물러날 수도 있었겠지만, 그랬으면 더 좋았겠지만, 굳이 지금 그랬다. 소연이 뜨겁고 노란 웅덩이에 두 발을 담그고 선 지 한참 뒤에.

101동 2302호에서 딸의 아랫도리를 씻기고, 처방받은 리도멕스 연고를 발라준 후 은협은 계단을 한 층 내려가 2202호의 현관문을 두들겼다. 소연은 충격에 빠져 집에 오는 동안 한마디도 하지 않았다. 엘리베이터에서 만난 동대표 아주머니의 인사에도 대꾸하지 않았다. 민희를 데리러 같이 내려가겠다고 떼쓰지도 않았다. 자기가 민희를 낳았다고 착각하길 좋아하는 애였으므로, 처음 있는 일이었다. 그래서 은협에게 문을 열어 준 뒤 내가 소연을 찾은 것도 어찌 보면 당연했다.

"피곤하대요." 얼마간 본인의 책임도 있었으므로, 실은 더 참혹한 기분이었으므로, 은협은 딸의 사생활을 지켜줬다. 당시에는 그랬다는 뜻이다. 얼굴에 영문 모를 수심이 드리워져 있었다. "늦어져서 미안해요, 언니. 사정이 좀 있었어요."

"괜찮아요. 어차피 심심했으니까요." 나는 아기를 은협에게 넘겨주며 깨지 않도록 주의를 기울였다. "아까 분유 먹이고 트림시키는데 조금 토하더라고요. 미안해요, 은협 씨. 너무 세게 두들겼나봐요. 요새 피티 받았더니 힘이 세졌거든요. 나는, 나는…… 조심하세요, 나는 인간 병기가 되었어요."

은협이 울 것 같은 얼굴로 안절부절못했다. 아기를 걱정하는 줄 알았는데 옷을 버린 게 아니냐고 물었다. 드라이클리닝 비용을 주겠다고 했다. 당장 지갑을 꺼낼 기세였다.

"드라이클리닝은 무슨. 그냥 세탁기에 돌리면 되는 걸." 나는 지갑이 나오지 못하도록 에코백 입구를 틀어

쥐었다. "병원에서는 뭐래요? 의사 선생님 친절하시죠? 이 동네에 일반진료 하는 데는 거기밖에 없더라고요."

네에, 뭐, 하고 은협이 말끝을 흐렸다. 아기를 맡기고 볼일을 보고 돌아오면 뭐든 미주알고주알 늘어놓곤 하던 은협이었으므로, 그때로서는 이상하게 느껴질 수밖에 없었다. "친절하시더라고요. 피부염이래요. 갑자기 추워져서 그런 것 같아요."

"그러게요. 날씨가 참 이상하죠. 그저께까지만 해도 반팔 입고 에어컨 틀었는데." 나는 창밖을 바라봤다. 지대가 높아 인접한 다른 구까지 내다보였다. 단지 바깥에서 굴삭기가 단층집을 허물고 있었다. 예상했던 대로 곧 아파트가 들어설 참이었다. "가을옷도 아직 못 입었는데 겨울 날씨라니, 섭섭해요. 아까 민희 재우면서 뉴스 보는데, 양상추가 다 얼어 죽었대요! 농사하시는 분들께는 죄송하지만 내 입장에서는 희소식인 거 있죠. 채소는 맛이 없으니까요. 빅맥 먹을 때 항상 양상추만 없으면 좋겠다고 생각했었거든요."

"주문할 때 빼달라고 하면 되잖아요." 은협이 특유의 사리 분별로 반론을 제기했다.

"그건 지는 것 같아서 싫어요."

"누구한테 지는 건데요?"

"모르겠어요." 생각해보지 않은 문제였다. "아무튼 나는 이기고 싶어요. 그리고 이기는 방법은 하나예요."

"뭔데요?"

"지지 않는 거요."

"참, 언니," 은협이 아기를 안지 않은 손으로 에코백을 뒤적거렸다. 민희의 조그마한 머리통이 아래로 기우뚱했다. 세탁비는 됐다고 말리려는데 그게 아니라, 하고 뭔가를 꺼냈다. "이거 어때요?"

"나무 수저네요."

"얼마일 것 같아요?" 은협이 가격표를 가리고 눈을 빛냈다. "얼마면 살 것 같아요?"

만 원 정도로 보였으나 평소 나는 상대가 듣고 싶어하는 대답을 들려주려고 노력하는 편이었다. 예상치보다 높게 불렀다. "뭐, 한, 이만 원……쯤?"

"진짜요?" 은협이 입을 헤벌렸다. "심한데요?"

"삼만 원……쯤?" 아차 싶어 예상치를 상향 조정했다. "미안해요, 은협 씨. 오만 원이면 안 살 것 같아요.

그래봤자 숟가락이랑 젓가락일 뿐이잖아요. 사만 원이면 고민해보겠어요."

은협이 가격표를 가리고 있던 손가락을 옆으로 치우고는 웃었다.

"거짓말!" 나는 정말로 놀랐다.

인터넷쇼핑몰에서 사천 원에 팔 생각이라고 은협이 말했다. 일단 주문 수량만큼 다이소에서 구매해 팔고, 많이 팔리면 공장에서 도매로 떼다 팔 작정이었다. 불법은 아니었다. 도매로 사서 소매로 팔든 소매로 사서 소매로 팔든. 세상에는 집 바로 앞도 나가기 귀찮아하는 사람이 많았다. 승산이 있었다. 쇠 수저는 지겹고 요즘 또 친환경이 대세니까, 나무 수저가 꼭 환경친화적이라는 말은 아니지만, 그래도 뭔가 그린스럽고 에코스러운 느낌으로, 다만 문제는…… "이거 나무는 어때요? 무슨 종류인지 안 적혀 있더라고요. 입에 들어가는 건데 혹시 문제 생길까봐서."

그걸 왜 이쪽에 묻나 의아했다. 나는 백과사전이 아니었고 수저 공장장도 아니었으며 나무도 아니었다.

"언니 나무 전문가 아니었어요?" 은협이 거실을, 자

기 집과 완전히 동일한 구조의, 그러나 살림살이가 현저히 적어 두 배는 넓어 보이는 거실을 둘러보며 얼굴을 붉혔다. "왜 저번에…… 자가인지 전세인지 물었더니, 죄송해요, 부끄럽네요, 아무튼 나무 심어서 이 집 왔다고……."

"아."

우리가 알게 된 지 얼마 안 됐을 때 은협은 호기심을 참지 못하고 남편분은, 하고 물었었다. 당연히 궁금할 수 있었다. 나는 헤어졌다고만 대답했다. 거짓말은 아니었다. 은협은 이 집이 내 소유인지 궁금해했다. 재산 분할, 그런 건가요? 분할할 필요가 없었다고, 역시나, 사실대로 답했다. 은협은 내가 뭐 하는 여편네인지 궁금해 죽을 지경이었다. 나는 나무를 심었고, 그걸 누가 샀다고 고백했다. 사실이었다.

"색깔은 어때요?" 다이소에서 사온 나무 수저를 휘두르며 은협이 화제를 돌렸다. "너무 짙지 않나요?"

"괜찮은데요? 근사해요." 상대방이 듣고 싶어 하는 대답. "제사할 때 써도 어울릴 것 같고요."

초인종이 울렸다. 그 소리에 민희가 잠에서 깨 칭얼

거렸다. 동생과 엄마를 데리러 내려온 소연이 내게 인사했다. 은협이 초인종을 누르면 어떡하느냐고 일곱 살짜리 딸을 혼냈다.

"안녕? 머리핀 예쁜 거 하고 왔네."

소연이 머리 양쪽에 꽂은 분홍색 핀을 만졌다. 거기 무사히 붙어 있는지 확인하고 싶은 듯했다. 소연은 머리핀이 상대방에게 잘 보이도록 이마 가까이에 꽂기를 좋아했다.

"가려운 건 좀 나아졌니?"

소연이 으쓱하더니 팔을 보여줬다. 모기들이 두 줄로 나란히 앉아 포식하고 간 것 같았다. "주사 많이 맞아서 다 나았어."

"나았어요, 해야지." 은협이 소리쳤다.

"나았어요."

아기가 믿을 수 없이 커다란 목청으로 울어젖히기 시작했다. 은협이 기저귀를 갈며 넷째 아이를 달랬다. 아이 착하다, 예뻐요, 다 했다, 다 했어, 거봐 다 했지, 아이고 벌써 다 했네. 석 달 전 은협을 처음 만났을 때가 떠올랐다. 몇 시간 동안 그치지 않는 아기 울음소리에 올라갔을 때 문을 열어준 건 그 집 첫째 아이 대연이었고, 거실 바닥에서 울부짖으며 몸부림치는 갓난아기를 은협은 소파에 앉아 멍한 표정으로 내려다보고 있었다. 둘째 중연은 퓨즈가 나가버린, 그 소름 끼치고 무서운 상태에서 엄마를 깨우기 위해 어깨를 절박하게 흔드는 중이었다. 소연은 동생을 안아올리는 데 힘이 달려 자꾸 실패하고 있었다. 언니 때문에 머리를 몇 번이나 바닥에 찧은 민희는 이제 걷잡을 수 없는 눈물범벅의 세계로 치닫고 있었다. 연년생인 초등학생 아들 둘과 일곱 살짜리 딸과 갓난아기의 아버지인 보일 씨는 그 폭풍 같던 날 상암의 연구소에서 제안서를 쓰며 야근 중이었다. 층간소음이 괴로운 건 소리 때문이 아니다. 소리에 시각적 정보가 누락되어서다. 따라서 나는 아기가 차라리 내 집에서, 내가 보는 앞에서 울었으면 싶었다. 다행히 은협은 내가 민희를 데려가는데도 가만히 있었다. 나중에 은협은 회상했다. 걔가 누군지 기억이 안 났어요, 언니.

은협이 기저귀 가방에 분유와 젖병을 챙겼다. 나무수저가 에코백 안으로 들어갔다.

"이모." 소연이 수줍어하며 내 바짓자락을 잡아당겼다. 착한 일을 하고 칭찬을 기다릴 때의 표정이었다.

"응, 예쁜아."

우편함에서 대신 가져왔다며 소연이 봉투를 건넸다. 언젠가 자기 집과 이 집의 호수가 숫자 하나만 다르다는 걸 깨달은 소연은 들를 일이 있을 때마다 꼬박꼬박 우편물을 가져다줬다. 인생에서 가장 치욕스러운 일을 겪은 오늘도 다르지 않았다. 그리고 소연은 글자를 읽을 줄 안다는 사실을 내게만 은밀히 자랑하고 싶어 했다. "서울중, 앙지방, 검찰청."

은협은 셋째와 넷째 아이를 데리고 계단을 한 층 올라갔다. 소연의 방에 들어가 침대에 흩어져 있던 레몬색 앙고라 벙어리장갑을 포갰다. 피가 잔뜩 묻은 여름 이불을 갰고, 베개 커버와 침대 시트를 벗겼다. 민희가 좀더 자라면 이층침대를 놔야겠지. 기숙사처럼, 대연과 중연의 방처럼. 민희가, 기왕 태어난 거, 여자애로 태어나서 다행이었다. 한 방에 셋이 지내는 건 아무리 봐도 불가능했다. 은협은 맞은편 두 아들의 방에서 이층침

대의 홑이불을 걷었다. 안방에 있는 퀸사이즈 침대의
이불도 마찬가지로 정리했다. 거의 은협 혼자 쓰는 것
이었다. 보일 씨는 거실 소파에서 텔레비전을 보다가
잠드는 습관이 있었다. 눕기 편하게 팔걸이가 낮은 소
파로 바꾸기까지 했다. 일어나서부터 잠들 때까지 영
상을 안 보면 죽는 병에 걸린 사람이었다. 은협은 안방
한쪽의 아기침대를 바라보다가, 배냇이불은 직접 삶아
서 빨아야겠다고 생각했다. 오늘밤 당장 써야 하니까.
들통에 물을 끓이는 동안 세탁소에 전화해 세탁물 수
거를 요청했다. 아무래도 계절이 너무 자주 바뀌는 것
같았다.

태권도복을 입은 두 아들이 치고받으며 집에 들어왔
다. 물론 나는 천장에서 울리는 발소리로 두 녀석의 귀
가 사실을 알았다. 은협은 포대기로 민희를 업은 채, 들
통 안의 이불을 집게로 쑤석거리며, 아들들에게 손부
터 씻으라고 외쳤다. 소연은 아무것도 씌우지 않은 침
대 매트리스 위에 새로운 핏자국을 묻히며 뒹굴어 다니
고 있었다. 항상 배고파하는 중연이 부엌으로 와 들통
을 보며 입맛을 다셨다. 곰국이라고 생각하는 듯했다.

은협은 얼른 씻지 않으면 이불과 함께 손을 삶아버릴 거라고 둘째 아들을 겁주었다. 중연은 엄마에게 항의하는 대신 포대기 밖으로 삐져나온 아기의 발을 꼬집었다. 따뜻하고 습한 꿈을 꾸고 있던 민희가 잠에서 깨 울음을 터뜨렸다. 화장실에서 나온 대연이 남동생의 머리를 가격하는 방식으로 막냇동생의 복수를 대신 했다.

은협이 불행을 느꼈다고 여기 적는다면 그건 기만이 되리라. 은협은 불행하지 않았다. 이건 은협이 원하던 삶이었다. 가모장 집안의 외동딸이었던 은협은 어릴 때부터 보통의 가정을 꿈꾸곤 했다. 아버지는 회사에서 일하고 어머니는 주부로서 자녀를 돌보는 가정, 어머니가 아버지를 쥐 잡듯이 패지 않는 가정, 남자는 남자의 일을 하고 여자는 여자의 일을 하는 가정, 한마디로 드라마와 영화에 나오는 가정. 언젠가 나는 내 신변에 대한 질문 공세를 막을 방편으로 은협에게 질문을, 같은 방식으로, 되돌려준 적이 있었다. 보일 씨와 왜 결혼했나요? 두 줄,이라고 은협은 간단히 답했다. 비극적인 기색은 전혀 없었다. 임신 공격이라는 말 알아요, 언니? 임신시켜서 결혼하는 거 말이에요. 공격했어요, 아,

내가요! 그때 나는 웃었던 것 같다. 실로 오랜만에. 나는 은협이 대단히 재밌는 사람이라고 생각했다. 개그맨 공채 시험에 응시해보라고 종용한 적도 있었다. 원래 내 질문의 의도는 이것이었다. 왜 다른 사람이 아니라 보일 씨와 결혼했는지. 왜 하필 보일 씨여야만 했는지. '보일 씨'와 왜 결혼했나요? 은협은 보일 씨와 '왜' 결혼했나요?로 들었고, 아무리 설명해도 질문의 요지를 이해하지 못했다. '보일 씨' 자리에는 누가 들어가든 상관없었다. 그리고 '왜'의 자리는, 상기했듯, '두 줄'이었다. 은협은 불행하지 않았다. 불행하지 않음이 곧 행복을 의미하지는 않는다는 사실은 앞으로 얘기할 기회가 있을 것이다. 지금은 가을에 닥친 한파특보로 인해 이 가정에 벌어진 일에 대해 얘기하고 있었으니까.

"엄마, 형이 머리 때렸어요!" 막냇동생의 발가락을 꼬집었다는 사실을 까맣게 잊은 중연이 은협에게 형의 만행을 고자질했다. 중연은 같은 해에 태어난 형보다 자신이 한 학년 낮다는 사실을 받아들이기 어려워했다. 중연은 억울했다. 형이 초등학교에 입학했을 때는 유치원에 다녔고, 애써 노력해 학교에 들어가니 형은 이제 2학년이었다. 숙제를 하고, 시험을 보고, 혼나고, 또 숙제를 하고 온갖 수모를 참고 견디며 2학년이 되니 형은 3학년이었다. 형은 공짜로 학년이 올라갔다. 앞으로도 마찬가지일 터였다. 아무리 애써도 따라잡을 수가 없었다. 중연은 인생의 부당함을 느꼈다. 게다가 오늘 형은 빨간 띠를 땄다……. 중연은 울면서 자신의 노란 띠를 태권도장 화장실 쓰레기통에 버렸다. 사범님이 거기 유성매직으로 이름을 적어주었다는 사실을 잊은 채. 중연은 똥 냄새가 나는 노란 띠로 귀를 맞았다. 아직 체벌은 근절되지 않았다. 암암리에 성행했다. 오히려 학부모들 쪽에서 체벌을 원했다. 사내애를 길들이고 싶어 하는 학부모들의 수요로 인해 '가르치는 태권도장'으로 이름난 곳에, 불행히도, 형제는 다니고 있었다. 오늘도 형제는 정권지르기를 하며 외쳤었다. 부.모.님.께.효.도.하.자!

"김대연, 동생한테 미안하다고 해." 은협이 첫째에게 명령했다.

"미안해."

"때려서 미안해." 은협이 정정했다.

"때려서 미안해."

형의 고분고분한 태도에 중연은 머리가 돌 것 같았다. 백번 양보해 용서하려 했는데 엄마가 너도 사과하라고 강요했다. 은협은 반항하는 둘째를 굴복시켜 기어이 형제를 악수시켰다.

바깥에서 일어난 소란에, 뭐든 참견하기 좋아하는 소연이 방에서 나왔다. 이제 글리터와 에나멜 머리핀은 산발이 된 머리카락 끝에 겨우 매달려 있었다. 소연이 두 오빠에게 인사했다. "안녕, 형아."

"오빠라고 해야지." 은협이 인내심을 갖고 가르쳤다. 오빠만 둘 있던 시절 말을 배운 소연은 첫째의 이름을 '형아'로 잘못 알았다. 비슷하게 생긴 둘째도 형아라고 불렀다.

형아래요, 하고 작은오빠가 소연을 놀리기 시작했다. 멍청이래요. 중연은 어린 주제에 혼자 방을 쓰는 동생이 싫었다. 갑자기 이 세상에 나타난 막내보다는 미워하지 않았지만. 만약 물에 빠진다면 소연, 형, 민희 순으로 구할 것이었다. 물론 중연은 수영을 못했고 배울 생각도 없었다. "형이라고 하지 마, 멍청아. 오빠라고도

하지 마. 저리 가."

오늘 빨간 띠를 딴 의젓한 맏이가 재빨리 소연의 관심을 돌렸다. "왜 그래, 간지러워?"

뜻밖에도 그 말은 피로 얼룩진 소연을 긴장시켰고 최악으로는 아기를 어르고 불을 살피던 은협의 관심까지 집중시켰다. 둘째가 심상치 않은 분위기를 감지하고 그때까지 이죽대고 쫑알대던 입을 다물었다. 막내의 비명에 가까운 울음소리만이 그 순간이 일시정지 상태가 아님을 증명했다. 빨랫감을 수거하러 온 세탁소 주인이 벨 누르지 말고 노크하라던 은협의 당부를 잊지 않았더라면 나는 다시 아기를 구하러 올라가야 했을 것이다. 때마침 울린 부주의한 초인종 소리에 은협이 우리가 만났던 날, 그러니까 자기 몸의 전원이 꺼져버렸던 석 달 전 그날을 기억하고 간신히 정신을 붙들었기 때문이다.

만델라 효과란 대중의 집단적 착각을 뜻하는 용어다. 넬슨 만델라가 80년대 수감 당시 사망했다고 많은 이들이 기억하는 데서 유래되었다. 사실 만델라는 거의 백 살 가까이 살았고 감옥에서 죽지도 않았다. 단지 옥

중에 아팠고 지병이 대서특필되었을 뿐이었으며 죽기도 전에 동상이 세워졌을 따름이었다. 사람들은 자신의 기억력과 판단력을 의심하는 대신 평행우주 이론을 믿고 싶어 했다. 우리가 살고 있는 이 세계는 만델라가 옥사한 우주에서 갈라져나온 또 다른 우주가 아닐까?

만델라 효과의 예시 중 하나는 모노폴리 게임에서 찾아볼 수 있다. 노신사 캐릭터가 외알안경을 썼다고 우리는 기억하고 있다. 일전에 형아들과 놀고 싶던 소연이 둘의 숨막히는 승부에 끼어들지 않았더라면, 즉 게임판 중앙 노신사의 얼굴 위에 초록색 사인펜으로 안경을 그려넣지 않았더라면, 나는 여전히 외알안경의 우주에 살았을 것이다. 석 달 전, 은협과 내가 처음 만났던 날, 비교적 제정신인 보일 씨에게 내가 아기를 되돌려준 그날로부터 일주일쯤 지났을 무렵 저녁식사에 초대되어 올라갔던 나는 보드게임의 구경꾼이자 훈수꾼으로서 뜻밖에도 우주가 분기하는 현장에 놓였던 것이다. 갈라진 이쪽 우주에서 노신사는 시력이 좋았다. 다시 안경을 쓰게 되긴 했지만.

세탁소 주인이 김장 봉투에 쑤셔넣은 엄청난 양의 여

름 이불을 산타처럼 걸머메고 떠난 뒤 형제는 모노폴리 경기장 위에서 정당하게 한판 붙었다. 초록색 뿔테안경을 쓴 노신사가 싸움의 주관자로 자리했다. 긴장감 속에 주사위 두 개가 던져졌다. 대연은 늘 그래왔듯 착실한 플레이를 했다. 땅을 될 수 있는 한 다 샀고, 그런 다음 여윳돈으로 건물을 적절히 분산해 올렸다. 중연에게는 스타일이랄 게 없었다. 그냥 되는대로 했다. 운이 전부인 게임이었으므로 이러든 저러든 승률은 비슷했다. 형이 던진 주사위가 각기 6을 가리키자 중연은 조작의 가능성을 제기했지만 묵살되었다. 첫판은 대연의 승리로 끝났다.

그 시각 소연은 매트리스에 새겨놓은 핏자국을 발각당하고 벙어리장갑형에 처해졌다. 답답한 걸 못 견뎌해 목도리나 장갑에도 폐쇄공포를 느끼는 소연은 아래층 이모, 그러니까 내가 자기의 진짜 엄마라고 주장해 친모를 가슴 아프게 했다. 들통에서는 배냇이불이 삶아지는 것을 넘어 거의 구워지고 있었다. 중연의 위장이 빵 냄새에 반응하며 꼬르륵거렸다. 잠시 후 탄 냄새를 맡은 은협은 부엌으로 달려가 가스 불을 껐다. 거실까지 연기로 자욱했다. 베란다 창문을 열고 집게를 휘둘러 연기를 내보냈다.

몇 판을 연달아 진 중연은 지난번 아기를 빌려갔던 아래층 아줌마의 참견을 기억했다. 절대 지지 않는 방법, 필승법이라고 했던가. 가장 비싼 400달러짜리 땅에 호텔을 비롯해 지을 수 있는 모든 건물을 다 지었다. 덫을 놓고 기다리는 셈이었다. 한 번만 걸려라. 그 한 칸의 덫을 제외한 나머지는 전부 형의 땅이었다. 꼬박꼬박 통행료를 내며 중연의 말이 돌았다. 형의 말이 게임판을 몇 바퀴 도는 동안, 안타깝게도 한 칸 또는 두 칸 차이로 덫을 비껴가는 동안 중연은 파산 직전에 놓였다. 수중에 한 푼도 없었다. 이제 형의 차례였고 불과 다섯 칸 앞에 덫이 있었다. 확률은 12분의 1이었다. 이기는 방법은 지지 않는 것이었고, 어디서 어떻게 벌든 돈은 똑같은 돈이었다.

동대표 아주머니의 방문에 은협은 가슴이 덜컹했다. 화재가 날 뻔했던 걸 눈치챘나 싶어서였다. 현관문 밖에 선 동대표는 이게 무슨 냄새야, 하고 좁은 문틈으로 재빨리 집 안을 살폈다. 플라스틱 미끄럼틀, 뽀로로 매트, 어린이 동화 전집, 보행기, 분유와 젖병, 딸랑이, 그 밖에 나열하기 힘에 부치는 자질구레한 물건들. 어쩐지 뿌옇고 아득히 멀어 보였다.

"문 좀 열어줘요."

은협은 문고리를 안쪽으로 살짝 잡아당겼다. "무슨 일이신지……."

동대표가 혀를 차더니 뭔가를 불쑥 내밀었다. 종이를 끼운 클립보드였다. "꼭대기층이라 춥죠?"

개별난방 동의서였다. 겨울철 저층은 펄펄 끓는데 고층은 이가 딱딱 부딪치는 불공평한 중앙난방 시스템을 개선하기 위한 것으로, 아파트가 지어진 이래로 서로의 이해가 상이해 지속적으로 갈등을 겪고 있는, 단 한 번도 합의가 난 적 없는 사안이었다. 이번에는 다를 거라고 했다. 정치에 꿈이 있는 입주자대표회장이 지역구 데뷔를 위한 초석으로 이 숙원사업에 손을 댔다는 거였다.

"저희는 전세라서……." 은협이 말끝을 흐렸다.

"전세면 안 추워요?" 동대표가 클립보드를 새댁의 가

슴에 억지로 안겼다. "집주인한테 전화해서 물어봐요. 일단 사인부터 하시고."

벌써 몇 군데 서명이 되어 있었다. 고층 입주자의 것이 대부분이긴 했지만.

"죄송하지만 먼저 물어보고 사인할게요. 계약 기간도 얼마 안 남았고요."

"이사 가려고?"

"아뇨, 연장하긴 할 건데……" 은협은 죄지은 사람의 기분으로 남은 기간을 가늠했다. "혹시 모르니까요."

동대표가 입맛을 다시며 동의서를 돌려받았다. 다른 곳도 이런 식이라면 생각보다 시간이 오래 걸릴 듯했다. 별수 없었다. 무언가의 대표가 된다는 건, 자고로 감수할 일도 많아진다는 뜻이니까. 다만 돌아서며 한마디 할 수는 있었다. "불조심해요."

은협은 가슴을 쓸어내리고 하던 일로 돌아갔다. 이불장을 열어 두툼한 솜이 들어간 누비이불을 꺼냈다. 꿉꿉한 나무 냄새와 나프탈렌 냄새가 섞여 머리가 지끈거렸다. 대연이 엄마를 돕기 위해 주변을 어슬렁거렸다.

"형이 되어서," 은협이 맏이에게 겨울 이불을 건네며

말했다. 부피가 커 얼굴이 다 가려졌다. "동생한테 좀 져주면 덧나?"

대연이 이불 뒤에서 무어라 웅얼거렸다.

"뭐라고?" 은협이 이불 한 채를 더 얹었다.

무거운 걸 드느라 검붉어진 얼굴이 이불 옆으로 삐죽 나왔다. "마지막 판은 걔가 이겼다고요."

"웬일이래."

"사기꾼인 줄 알았어요." 승부에 집착하지 않는 대연이 드물게 억울해했다. "수법이 진짜진짜 악랄했어요. 같은 가족이라는 게 창피할 정도로. 걔가 나중에 감옥 간다는 데 제 빨간 띠를 걸 수 있어요."

"빨간 띠가 노란 띠 좀 봐줘." 은협이 아들의 엉덩이를 밀어 이층침대가 있는 방으로 보냈다.

누가 집안일 할지를 놓고 형제가 티격태격하는 동안 은협은 토라진 딸의 방에 들어갔다. 그사이 벗어던진 장갑 두 짝을 바닥에서 주워 포갰다. 허리가 욱신거렸다. 이불을 까는데 소연이 그 위를 굴러다니면서 방해했다. 안방 침대까지 따라와 악착같이 훼방을 놓았다. 은협은 아기침대를 바라봤다. 베란다의 건조기에서 다

타버려 못 쓰게 된 배냇이불이 돌아가는 소리가 들렸다. 말리면 새 이불이 되는 것도 아닌데, 미련한 짓이었다. 계획이 틀어진 은협은 임시로 쓸 만한 게 있는지 찾기 위해 이불장 서랍을 뒤졌다.

그러니까, 가을의 한파특보가 아니었다면 오늘 은협은 때 이르게 두꺼운 이불을 꺼내지 않았을 것이다. 소연이 환절기에 가려워진 몸을 긁어 여기저기 피를 묻히는 일도 없었을 것이다. 엄마와 딸이 실랑이하지 않았을 것이며 부엌에서 들통이 타지도 않았을 것이다. 은협이 새삼 이불장 서랍을 뒤지게 되는 일 또한 없었을 것이다. 초가을에 느닷없이 찬바람이 끼어들지 않았더라면 그 일은 일어나지 않았을 것이다. 보일 씨는 예상하지 못했다. 지구온난화 시대, 이상기후가 빈번해진 현시대에 이불장 안은 한 집안의 어엿한 가장이 크리스찬 루부탱 하이힐 상자를 숨기기에 적당한 장소가 아니라는 것을.

2

우리는 상암의 연구소 앞에서 잠복했다. 휘황한 방송사 건물들 사이에 위치해 더 수더분해 보이는 공기업 건물이었다. 초록색 잎을 매단 가로수, 오리털 파카를 입은 행인들. 붉은색 현수막이 가로수에 매달려 있었다. 흰색 고딕체로 '특검을 거부하는 자가 범인'이라고 쓰여 있었다. 현수막 아래, 지정 주차 자리에 보일 씨의 은색 SM5가 세워져 있었다.

은협이 루부탱을 발견하게 된 경위를 털어놓는 동안 나는 운전석 선바이저를 내려 새로 산 베레모의 각을 세웠다. 상암으로 길을 잡기 전 백화점에 들러 카시트를 샀는데, 남의 것만 사기에는 아쉬워 덤으로 산 것이었다. 아기를 차에 태우려면 별도의 장치가 필요하다는 건 이번에 처음 알았다. 역시나 배움에는 끝이 없었다. 뒷좌석에는 혼자 두기 곤란한 연령의 두 여자아이가 나란히 앉아 졸고 있었다. 나는 선바이저를 착 올려 닫았다. 아무리 저녁이라지만 너무 캄캄하다 싶었는데 선글라스를 껴서였다.

"너무 튀는데요, 언니." 은협이 우려를 표했다.

"이다음에 크면," 나는 의견을 적극 받아들여 스카프를 벗었다. "탐정이 될까 해요."

"이미 많이 큰 것 같은데요."

"쉿! 앞을 주시하세요. 어떤 화려 찬란한 년인지 보자고요."

그제야 은협은 우리의 원래 목적으로 관심을 돌렸다. 누가 뺏어가기라도 한다는 듯 루부탱 상자를 끌어안았다. 아직 어찌할지 마음을 정하지 못한 기색이었다. 루부탱을 산 사람과 선물받을 사람, 둘 중 누구 머리털을 뜯어놓아야 하는지, 선물의 주인을 찾는다 해도 알아

볼 수는 있는지, 자신이 알아보길 바라는지, 아니면 바라지 않는지. 그 구두가 은협의 선물일 가능성은 없었다. 생일은 지났고 결혼기념일은 멀었다. 게다가 은협은 키즈 사이즈를 신어도 될 정도로 발이 작았다. 운동화를 살 때 같은 디자인이라면 키즈 제품을, 더 저렴하다는 이유로, 사곤 한다는 걸 남편은 알았다. 보일 씨가 십 년 넘게 같이 산 아내의 발 치수를 모를 리가 없었다. 밑창이 빨간, 외설적으로 빨간 그 15센티미터 굽의 검은색 펌프스는 은협의 발에 비해 커도 너무 컸다. 신으면 엄마 신발을 훔쳐 신은 꼬마 애처럼 보일 터였다. 은협은 루부탱이 차라리 다른 여자에게 줄 선물이기를 바랐다. 자기 선물이면 더 비참할 것 같았다.

용의자는 키 크고 사치스러운 여자로 좁혀졌다. 발이 크면 키도 클 것이고, 가방이 아니라 신발을 선물받을 정도면 평소에도 호화로운 차림새를 하고 다니리라 추측했다. 같은 직장에 다닐지는 확실치 않았다. 보일 씨가 애인과 함께 나올 수도, 혼자 나와 애인에게 갈 수도 있었다. 두고 보면 알겠지. 요새 야근이 잦았던 이유가 외도 때문이었다니, 은협은 이가 갈렸다. 남편에게 다른 여자가 있어서 화난 게 아니었다. 가정이라는 조별 과제에서 혼자서만 쏙 빠져나가려 했다는 점이 은협을 몸서리치게 했다.

"언니," 옆에서 하도 비장하게 부르기에 나는 다시 스카프를 매고 출동할 준비를 했다. 그러나 연구소 앞은 사람은커녕 개미 새끼 한 마리 없었다. "개별난방 동의서에 사인했어요?"

"네. 아까 동대표 아주머니가 왔더라고요." 나는 스카프를 벗었다. 벗는 김에 선글라스도 벗었다. 그제야 길에 지나다니는 사람들이 보였다. "무슨 보일러 달 건지 미리 생각해두라고 하던데요. 경동나비엔으로 할지 린나이로 할지 고민 중이에요. 귀뚜라미 보일러는 한물간 것 같아서 후보에서 뺐어요. 어찌나 고민되던지. 아까 시엠송도 찾아 들었어요. 시엠송 잘 만드는 회사면 보일러도 잘 만들지 않을까요?"

"그렇군요."

"이제라도 바뀐다니 다행이에요. 중앙난방 시스템은 약간…… 북한 같았잖아요. 은협 씨네 집은 꼭대기층이라 더 추웠겠어요."

"추웠어. 마치 냉장고 같았어." 뒤에서 목소리가 들렸다.

"깜짝이야." 나는 몸을 돌려 소연의 부스스한 얼굴을 봤다. "일어났니, 예쁜아?"

"추웠어요,라고 해야지. 냉장고 같았어요,라고 해야지." 은협이 딸에게 존댓말을 가르쳤다. 그런 다음 내용을 정정했다. "냉장고 같지는 않아요, 언니. 순 허풍이에요."

"잘 잤니, 허풍쟁이?"

"안 잤어요. 저는 잠을 안 자는 편이거든요." 그 사실이 자랑스러운 모양이었다. "열두 시까지 안 잘 수도 있어요. 형아들이랑 민희는 맨날 자지만요."

"대단하구나."

옆에서 은협이 거짓말이라고 귀띔했다. 저 애 말은 반만 믿어야 한다고, 아니 하나도 믿으면 안 된다고. 그렇다면 더더욱 대단했다. 조그만 머리통이 그 복잡한 일을 해낸다는 게 놀라웠다.

"고마워요, 언니." 은협이 구두 상자를 손톱으로 긁었다. "아까 민희도 봐주시고, 또 지금도……. 매번 폐를 끼치네요. 게다가 카시트까지⋯⋯."

"아녜요. 덕분에 베레모를 갖게 되었는걸요." 나는 새로 산 탐정 모자를 만졌다. 마음에 들었다.

"어떻게 보답을 해야 할지."

"보답이라니요, 이웃사촌끼리. 정 고마우면⋯⋯" 조수석 쪽에서 약간 긴장하는 게 느껴졌다. 나는 원래 하려던 말을 했다. "정 고마우면, 나중에 새콤달콤 하나 사주세요."

"그게 무슨." 은협이 어이없다는 듯 웃었다.

뒤에서 소연이 자기도 사달라고 보챘다. 먹고 싶어서라기보다, 대화에서 소외되지 않기 위해 없는 말이었다. 소연은 어린이답지 않게 삶은 브로콜리 같은 걸 좋아하는 입맛이었다. 군것질도 거의 하지 않았다. 환심을 얻기 위해 건넸던 조그맣고 달콤한 선물들이 어찌나 자주 무용지물이 되었던지. 그런데 또 충치는 있었다. 신기한 어린이였다.

나는 글러브박스를 열었다. 페레로로쉐, 마이쮸, 스카치캔디, ABC초콜릿, 키세스 사이에 손을 밀어넣고 휘휘 저었다. 소연에게 주려고 사기도 했지만 애초에 내가 선호하는 음식이었다. 작은 부피로 최대한의 열량을 얻을 수 있는 것. 먹으면 행복하고 기분 좋아지는 것. 새콤달콤은 없었다. 유난히 맛있고 유난히 좋아하지만 그렇기에 직접 사기보다는 다른 이로부터 선물받고 싶은 종류의 것이었기 때문이다. 뭐가 됐든 잡히는 걸 은협에게 건넸다. 이 가엾은 여인에게 지금 가장 필요한 건 당분이었다. 은협은 말없이 껍질을 까 입안에 넣었다. 나도 같은 걸 골라 먹었다.

이번에도 소연은 사양했다. "초콜릿을 싫어하는 편이거든요."

"거짓말이에요, 언니." 은협이 입안에 든 걸 우물거리며 고자질했다. "언니한테 잘 보이려고 그러는 거예요."

내가 글러브박스에서 ABC초콜릿을 하나 집었다. "알파벳 아니?"

"알아요."

"이건 거짓말 아니에요." 은협이 덧붙였다. 뿌듯함이 묻어나는 어조였다. 무리해가며 영어유치원에 보낸 보람이 있었다.

"A부터 어디까지 아니, 똑똑아?"

"Z까지요."

나는 쥐고 있던 걸 먹은 다음 글러브박스를 뒤져 마음에 드는 알파벳을 찾았다. 빅토리의 V가 좋을 것 같았다. 너에게 승리를. 오직 승리를. "눈 감고 아, 해봐. 무슨 글자가 그려져 있는지 맞히는 거야."

소연이 고분고분 따랐다. 나는 꽃잎 같은 분홍색 혓바닥 위에 V가 적힌 초콜릿을, 글자를 아래로 가게 해서, 올렸다. 삼키면 안 된다고 주의를 주었다. 그런 다음 그 작은 입안에서 벌어지는 일을, 음각을 더듬는 혀를 상상했다. 맑고 달게 고인 침. 소연은 눈을 감은 채 집중했다. 가려움도 잊었는지 더 이상 몸을 긁지 않았다.

"이다음에 애인이 생기면 나한테 고마워하게 될 거야."

은협이 망측하다는 듯, 조바심을 내며 말렸다. 밸런타인데이나 화이트데이 얘기였을 뿐인데. 아직 순진한, 순진해야 하는 소연이 눈을 반짝 떴다. "S."

"맞았어, 똑똑이." 스페셜.

소연이 검지로 앞을 가리켰다. "아빠다!"

보일 씨가 S로 시작하는 승용차 운전석에 오르고 있

었다. 남색 정장에 회색 맥코트 차림이었고, 혼자였다. 은협이 전방에 시선을 고정한 채 내 오른쪽 팔뚝을 움켜잡았다. 나는 시동을 걸고 사이드브레이크를 내렸다. 급하게, 민희가 깰 정도로 급하지는 않게, 유턴했다.

불탄 배냇이불을 대신할 만한 것을 찾기 위해 이불장 서랍을 여는 순간 은협은 루부탱의 우주로 갈라져나왔다. 슈뢰딩거의 루부탱. 서랍 안을 관측하는 순간 루부탱 입자의 파동함수는 붕괴되었다. 양자역학 이론에 대해서는 솔직히 나도 잘 모른다. 양자역학을 설명할 수 있는 사람은 세상에 없다고 한 과학자는 말했다. 양자역학을 이해하면 제정신이 아니게 되고, 만약 제정신이라면 양자역학을 이해한 게 아니게 된다. 그리고 무언가를 설명하는 데는 제정신이 필요하다. 나는 제정신이다. 양자역학을 이해하지 못했다는 뜻이다. 복잡한 얘기는 이쯤 하자. 중요한 건 보일 씨의 차를 뒤쫓으며 나라도 정신을 차려야 했다는 점이다.

은색 SM5는 미행을 따돌리려는 듯 좁고 구불구불한 길을 택했다. 골목길에서 수차례 방향을 바꿨다. 좌회전, 우회전. 우회전, 좌회전. 다시 좌회전, 우회전. 방송사 근방 주택가였다. 상암에 출퇴근하는 미혼의 젊은 직장인들이 주로 거주하는 곳인 듯했다. 우리가 사는 동네로 귀가하는 루트는, 아무리 너그럽게 해석하려 해도, 아니었다.

"내 잘못이에요." 은협이 열다섯 번째로 말했다. "서랍을 여는 바람에."

"내 잘못도 있어요."

"네?"

"내가 지구를 조금만 더 소중히 했다면 은협 씨가 서랍을 여는 일은 없었을 테니까요. 적어도 보일 씨가 루부탱 상자를 다른 데로 옮기기 전까지는요. 이 일은 지구인 모두의 잘못이에요. 속죄의 의미로, 집에 가면 당장 일회용 수저를 버릴 거예요."

"그게 무슨."

"은협 씨가 팔게 될 나무 수저를 오만 원에 사겠다는 뜻이에요."

"사천 원이에요, 언니. 그 이상은 사기예요."

"뭐가 다르죠?" 나는 진정 궁금했다. "다이소에서 천

원에 파는 걸 인터넷으로 사천 원에 파는 건 사기가 아
닌가요?"

골목길이 너무 좁았다. 사이드미러가 벽돌집을 긁으
며 드드드드, 하는 소리를 냈다. 길고양이가 펄쩍대며
달아났다. 오토바이 또는 킥보드나 지나다닐 법한 길이
었다. 탐정이 되려면 차부터 작은 것으로 바꿔야 할 것
같았다. 소연이 범퍼카에 탄 듯 환희에 가까운 비명을
질렀다. 그 소란에 민희가 깼다. 울지는 않았다. 낯선
카시트와, 그보다 더 낯선 장소에 어리둥절한 듯했다.
SM5가 속력을 높였다. 나는 액셀러레이터를 깊숙이 밟
았다.

"집주인한테 전화를 했어요." 은협이 나직하게 읊조
렸다. 추격과 대비되어 목소리가 더욱 침통하게 들렸
다. "개별난방 동의서에 사인해도 되는지 물어보려고
요. 마침 잘 전화했다고 반기더라고요. 몇 번 연락하려
다 미안해서 관뒀다고. 계약 만기되면 나가달래요."

은협이 계약갱신청구권 얘기를 했더니, 집주인은 그
권리를 무효화시키는 카드를 꺼냈다. 아들이 결혼하는
데 신혼집으로 살게 할 예정이라고 했다. 본인이나 직

계가족이 직접 거주하면 세입자는 계약 갱신을 청구할 수 없었다. 우리 아파트는 가격이 삼중으로 형성되어 있었다. 매매가는 이 년 전에 비해 150퍼센트가량 올랐다. 신규 계약의 전세가는 지금의 매매가와 연동되었다. 그리고 전세 계약을 갱신했거나 갱신을 앞둔 세대의 전세가는 이전 매매가와 연동되어 있기에 터무니없이 가격이 낮았다. 같은 전세였지만 신규 계약에 비하면 거의 공짜로 사는 거나 다름없었다. 갱신할 경우 전세금을 5퍼센트 이상 올릴 수 없기 때문에 임대인의 입장에서는 당연히 새 계약을 하는 게 유리했다. 기존 세입자를 쫓아낼 방법은 직접 살거나 직접 산다고 속이는 것, 두 가지뿐이었다. 아들이 결혼한다던 집주인의 말은 사실일 수도 있었다. 사실이 아닐 수도 있었다. 그걸 어떻게 확인한단 말인가?

"제가 집주인한테 전화를 하지 않았으면," 은협이 소매로 눈가를 문질렀다. "이런 일은 일어나지 않았겠죠?"

"은협 씨."

"네, 언니."

"다 왔어요." 나는 막다른 골목에서 거칠게 브레이크를 밟았다. "내려요."

보일 씨가 4층짜리 다가구주택으로 들어갔다. 평범한 외관의 건물이었다. 나는 전면의 창문들을 관찰했다. 약 삼십 초 후에 불 하나가 켜졌다. 3층, 오른쪽에서 두 번째 집이었다. 내가 112에 전화하는 동안에도 은협은 이 사달이 자신과 무관하다는 듯 몇 걸음 뒤로 물러나 있었다. 자기가, 지금, 왜, 여기에, 있는지, 모르겠다는 듯한 태도였다. 이제 와 돌이켜보건대, 이불장 서랍을 연 일과 집주인에게 전화한 일, 그 두 가지가 은협의 내면에 일종의 인과관계로 작용한 게 아닌가 싶다. 루부탱을 발견하지 않았더라면 집에서 쫓겨나지도 않았을 텐데. 터무니없다고는 생각하지 않는다. 진실,이라는 말을 붙여도 과하지 않을 것 같다.

그날 은협의 얼빠진 수수방관에 나는 하마터면 보일 씨가 내 바람난 남편이라고 착각할 뻔했다. 실제로 분노가 치밀기까지 했다. 난리바가지를 피울 생각에 신이 났었나. 모르겠다. 잠시 후 경찰차가 경광등을 반짝이며 진입했다. 씨발, 길이 왜 이래. 자기를 잡으러 온 줄 알고 소연이 벌벌 떨며 빌 준비를 했다. 달래줄 시간이 없었다. 나는 아이폰의 카메라 앱을 실행했고, 화면을 오른쪽으로 스와이프해 동영상 모드로 바꿨다. 〈사랑과 전쟁〉 시절과 달라진 게 있다면 간통죄가 폐지되었다는 점이었다. 불법이 아니었으므로 급습할 명분이 없었다. 112에는 남편이 웬 괴한에게 납치되었다고 신고한 터였다. 편의상 남편이라고 했다. 아파트 위층에 사는 이웃 남자가 이 먼 데 납치되었는데 추적 결과 발견했다고 하면 미친 여자라고 여길 게 뻔했다. 선의의 거짓말, 그거였다.

"성함이?" 경찰이 은협과 나를 번갈아 보다가 좀더 당사자 같은 내게 물었다.

"이은협이요." 내가 답했다. 발음하고 보니 내 이름처럼 느껴졌다. 항상 부연해야 하는 이름. 누구도 단박에 못 알아듣는 이름. "농협 할 때 협이에요."

은협은 이 모든 상황을 넋 놓고 구경하기만 했다. 몇시간 전 집주인에게 전화함으로써 증명된바 자신이 무언가를 행하면 곧 나쁜 결과가 따라온다는, 일종의 교

착상태에 빠진 듯했다. 혹은 나를 이은협이라고 생각하는지도 몰랐다.

나이 많은 쪽의 경찰이 주먹으로 302호 현관문을 두들겼다. 경찰입니다. 문 여세요. 젊은 쪽은 혹시 모를 반격에 대비해 방어자세를 취했다. 나는 동영상 촬영 버튼을 누르고 뒤에서 기다렸다. 안쪽은 묵묵부답이었다. 뭔가 부스럭거리는 소리가 나는 듯도 했다. 안 열면 강제 개방합니다. 문 여세요. 301호와 303호의 문이 살짝 열렸다. 무슨 일인지 구경하려는 것이었다. 핸드폰을 든 팔이 아팠다. 내가 보일 씨! 하고 외치자 늙은 경찰이 문을 더욱 가열하게 두드리기 시작했다. 김보일 씨, 들리면 대답하세요.

302호 문이 열렸다. 급하게 옷을 입은 듯 단정치 못한 모습이었다. 셔츠와 바지는 입었지만 양말은 신지 않은 채였다. 와이셔츠 단추가 어긋나게 잠겨 있었다. 이마에 땀이 맺혀 있었다. 잔뜩 상기된 얼굴이었다. 나는 경찰이 말릴 새도 없이 원룸 안으로 잽싸게 들어가 총을 겨누듯 카메라를 움직였다. 화장실 문을 열고, 옷장 문을 열었다. 신발장도 열었고 싱크대 수납장도 열었다. 세탁기도 열었다. 달아났나 싶어 창문을 확인하니 방범창이 설치되어 있었다. 액체나 기체가 아닌 이상 빠져나갈 수 없는 구조였다. 나는 옷장에 걸린 천박한 원피스들을 이리저리 밀쳤다. 다시 화장실로 가 변기 뚜껑을 열었다. 어디에도 없었다. 여자는 사라졌다, 자신의 집에서.

그날 은협이 보일 씨를 때리지 않은 이유는, 공교롭게도 십여 년 전 보일 씨와 결혼한 이유와 같았다. 어머니처럼 되고 싶지 않다. 남편을 두들겨 패는 아내가 되고 싶지 않다. 어린 시절, 은협의 부모님은 주유소를 운영했다. 외할아버지가 사위에게, 즉 은협의 실직한 아버지에게 장만해준 주유소였다. 아버지는 소장으로, 어머니는 사모님으로 불렸다. 그게 남들 보기에 자연스러웠기 때문이었다. 목이 좋아 장사가 잘됐다. 현금이 넘쳐났다. 운영은 모두 사업 수완이 뛰어난 어머니가 했다. 어머니의 말에 따르면 아버지는 물러터지고 속 터지는 인간이었다. 할 줄 아는 게 아무것도 없었다. 아버지는 친구가 없었고 말수도 없었으며 주유소 직원들에게까지 무시당하기 일쑤였다. 그 주유소에서 아버지는 인생 최초로 친구를 사귀었는데 뜻밖에도 불량스럽기 짝이 없는 동네 깡패, 불한당, 날건달, 양아치였다. 은협의 아버지가 얼마나 우쭐한 기분이었을지는 상상하기 어렵지 않을 것이다. 아버지와 친구는 자동세차기 옆, 빛바랜 파란색 플라스틱 의자에 앉아 자판기 커피를 마시며 밀담을 나누곤 했다. 수상쩍어 가보면 어허, 남자들끼리 중요한 얘기 중인데, 운운하며 어머니를 물리쳤다.

어떤 날 밤, 자고 있던 어머니의 눈이 떠졌다. 불현듯 떠졌다. 아버지의 바지주머니를 뒤지니 천만 원짜리 자기앞수표가 나왔다. 어머니는 수표를 브래지어 안에 숨겼다. 다음날 아버지와 친구의 대화는 평소보다 길고 심각했다. 어머니는 아버지 어깨에 팔을 두른 친구에게 다가가 썩 꺼지라고 엄포를 놓았다. 서슬 퍼런 어조에 친구가 빌빌대며 물러났다. 어머니가 브래지어 안에서 수표를 꺼내 아버지의 눈앞에 들이밀었다. 이거 찾아? 아버지가 말없이 고개를 끄덕였다. 어디서 났어? 평소에도 말수 없는 아버지가 불리한 상황 앞에서 더더욱

상한 조개처럼 입을 다물었다. 어머니는 직원들과 은협이 보는 앞에서 아버지를 구타했다. 누나한테 빌렸어. 어머니는 은협의 고모를 찾아가 확인했다. 형님이 천만 원 빌려준 거 맞아요? 고모는 가슴이 철렁해져 되물었다. 무슨 일이야, 올케? 기름 떼야 한다고 해서 빌려줬는데.

집에 돌아오는 길에 택시를 탔는데 운전기사가 알은체를 했다. 주유소 사모님 맞으시죠? 어머니는 깜짝 놀랐다. 저를 아시나요? 기름 넣으러 몇 번 간 적 있어 얼굴을 기억한다고 기사가 말했다. 워낙 아름다우셔서. 어린 은협은 기사의 말이 사실인지 확인하기 위해 어머니의 얼굴을 올려다봤다. 그때까지 부모님의 외모에 대해서는 생각해본 적이 없었다. 어머니는 표정의 변화가 없었다. 택시기사가 말했다. 그 새끼한테 돈 뜯길 뻔했죠? 한몫 잡을 것 같다고 그놈이 어찌나 떠들고 다녔는지 이 동네에 소문이 쫙 퍼졌다고, 사모님 빼고 다 안다고 했다. 그러더니 씩 웃었다. 다 잡은 물고기 놓쳐서 분해 죽겠답디다.

주유소는 얼마 안 있어 망했다. 그 사기꾼이 기어이

돈을 뜯어갔는지 어쨌는지, 자세한 사정은 은협도 몰랐다. 워낙 어렸다. 살기가 굉장히 힘들어졌다는 기억만 있었다. 어머니는 아가씨 때 일식집 아르바이트를 해서 샀던, 결혼해서는 신접살림을 꾸미고, 은협을 낳았던, 이제는 누구도 낳을 수 없게 된 세 식구의 아파트를 팔아 주유소 빚을 갚았다. 한번 파니까 다시 사기 어려웠다. 사기도 어려웠고 살기도 어려웠다. 자라면서 은협은 생각했다. 아버지가 아버지답고 어머니가 어머니다웠으면 주유소는 건재하지 않았을까? 아버지를 바보 천치로 만든 건 사기꾼이 아니라 어머니가 아니었을까? 차라리 그때 천만 원을 뜯겼더라면, 어머니가 간섭하지 않고 아버지 스스로 잘못을 깨달을 기회를 주었더라면, 나중에 더 크게 망하는 일은 없지 않았을까? 그리고 세월이 흐른 지금, 상암의 웬 원룸 건물에서 은협은 루부탱 하이힐 굽으로 보일 씨의 머리통을 내리찍기 일보 직전이었다. 만약 자신이 과거의 어머니처럼 군다면 미래에는 현재의 어머니처럼, 그러니까 삽시간에 가난해져버린 어머니처럼 되는 게 아닐까 하는 의문이 보일 씨의 숱 없는 정수리를 잠시나마 지켜주고 있었다.

사정을 눈치챈 경찰이 은협의 손목을 붙들었다. 하이힐로 찍으면 흉기로 간주되어 특수상해가 성립하니 때리려면 맨손으로 때리라고 조언하고는 내사를 종결했다.

추운 날씨가 사나흘쯤 지속되었다. 태권도장 가는 길, 새마을금고 건물 골목에서 형제는 붕어빵을 사먹었다. 슈크림은 두 마리, 팥은 세 마리에 천 원이었다. 슈크림 한 마리와 팥 한 마리를 천 원에 살 수도 있었다. 이를 놓고 형제는 대립했다. 대연은 각자 좋아하는 것을 한 마리씩 먹자고 제안했고 중연은 형이 슈크림에 대한 선호를 포기하면 팥 붕어빵을 세 마리 먹을 수 있다고 주장했다. 물론 자기가 한 마리 더 먹을 수 있다는 뜻이었다. 팥을 좋아하는 사람이 더 많이 먹는 게 당연하니까. 대연은 동생이 훗날 감옥에 가리라고 더욱 확신했다. 사기꾼이라는 말에 발끈한 중연이 형을 머리로 들이받았다. 옥살이의 이유를 사기가 아니라 폭력으로 수정하려는 듯 보였다. 어찌나 맹렬히 싸웠던지, 보다 못한 노점 주인이 반반으로 사면 팥을 한 마리 더 주겠노라고 호의를 베풀었다. 대연이 감사를 표하며 예의 바르게 인사하는데 옆에서 중연이 싫어요, 했다. 지는 것 같아서 싫어요.

며칠 뒤 붕어빵 노점은 문을 닫았다. 한파특보가 해제되고 날이 점점 따뜻해졌기 때문이었다. 소연은 가을 다음에 여름이 오는지 궁금해 유치원 선생님께 물어봤다가 친구들로부터 비웃음을 샀다. 나뭇잎이 이제야 물들기 시작했다. 인생 첫 단풍이 민희의 눈동자에 새겨졌다. 하늘이 맑았다. 미세먼지 없는 가을 하늘은 정말이지 오랜만이었다. 중국이 호주산 석탄 수입을 금지하면서 공장이 멈춘 터였다. 이산화탄소 배출 목표를 맞추기 위해 화석연료 발전을 규제하기까지 했다. 중국은 동계올림픽 때 전 세계인에게 베이징의 푸른 하늘을 보여주고 싶어 했다. 보일 씨는 테슬라 주식을 사서 재미를 보았다. 일론 머스크가 전기차가 아니라, 전기차를 만들면서 획득한 탄소배출권을 팔아 부자가 되었다는 사실을 동료에게 주워들은 것이었다. 탄소배출권으로 전기차 사업의 적자를 메우는 형세였다. 전기차와 탄소배출권은 상호작용하며 일종의 무한 동력을 이루었다.

보일 씨는 생색내고 거들먹거리는 동료에게 몇 번 비싼 술을 사야 했다. 바야흐로 나무 수저 사업을 시작하기 좋은 때였다. 그러나 은협은 미적거렸다.

　나는 라이카를 구매했다. 예쁜 음료수를 찾아 코스트코를 돌아다녔다. 화병보다는 음료수병을 재활용하는 게 취지에 맞을 듯싶었다. 은협이 아니었다면 아마도 그 끔찍한 음료수는 평생 마셔보지 못했을 것이다. 중요한 건 음료수가 아니라 병이었으므로 상관없었다. 나는 식탁에 리넨을 깔고 로리나 핑크레모네이드 병에 유칼립투스 한 줄기를 꽂았다. 에르메스에서 금테가 둘린 자잘하고 복잡한 패턴의 접시도 샀다. 나무 수저가 아무리 환경주의를 표방하는 제품이라 하더라도 주변마저 빈해 보이면 곤란했다. 소비자가 원하는 건 환경주의가 아니라 환경주의적인 것이었다. 둘 사이에 심연이 가로놓여 있다는 사실은 바보가 아닌 이상 누구나 알았다. 알고도 모르는 척했으며, 모르는 척한다는 것도 서로 모른 척했다. 일종의 공모였다. 식탁을 갖추니 이제는 배경이 살풍경해 보였다. 살림하는 주방이 아니었던 것이다. 아웃포커싱되겠지만 스매그 토스터와 드롱기

커피머신을 구입했다. 한 번도 사용하지 않았다. 사용할 계획도 없었다. 그 기계들은 소품이었다. 나무 수저가 아니라 이 주방에 딸린 환상을 파는 셈이었다. 나는 은협의 이름으로 스마트스토어에 사업자등록을 냈다. 노트북도 장만해야 했다는 뜻이다.

"심한데요?" 그제야 은협이 의견을 냈다. "이게 다 무슨……"

"이다음에 크면," 나는 다이소 나무 수저에 라이카 렌즈를 들이밀었다. 수저 색깔이 좀더 밝았으면 싶었다. "사진사가 될까 해요."

오후 네 시였다. 서향이라 볕이 가장 좋은 시간이었다. 나는 포대기를 추어올렸다. 등이 축축했는데 민희가 침을 흘렸는지 토를 했는지 알 수 없었다. 소연은 유치원에서 창피당했던 일을 곱씹느라 조용했다. 이번에는 따뜻해진 날씨에 몸을 긁으면서. 천장이 쿵쿵 울렸다. 두 아들이 태권도장에서 돌아온 모양이었다. 나는 몸을 틀고 각도를 바꿔가며 셔터를 눌렀다. 등 뒤에서 아기의 머리가 이리저리 굴렀다. 찰칵하는 소리, 소리라기보다는 검지에 느껴지는 진동이 기분 좋았다. 상암에 다녀온 날 이후 나는 은협의 인생을 얼마간 대신 살아주고 있었다. 은협이 자기 존재를 의탁, 혹은 위탁해 왔다고 하는 편이 옳을지도 모르겠다. '몸이 두 개라도 모자란다'는 말은 새롭게 해석되어야 한다. 몸이 두 개면 한 몸은 놀고 한 몸은 전과 똑같이 일하게 되기 때문이다. 이래서야 몸이 두 개든 스무 개든 모자랄 수밖에 없다.

나는 라이카를 내려놓고 은협에게 클리어파일에 끼운 서류를 건넸다.

은협이 서류를 한참 들여다봤다. "진료비 계산서네요."

"아까 산책하다가 피부과가 보이기에 들러봤어요. 김소연 어린이 보호자라고 하니까 확인도 안 하고 바로 떼주더라고요."

은협이 내 어깨에 머리를 기댔다. 머릿결이 푸석푸석해 머리카락이 흘러내리지는 않았다. 샴푸의 실리콘 냄새가 났다.

배고파진 소연이 락앤락 통에 담긴 삶은 브로콜리를 먹었다. 굳이 싸와야 한다고 주장해 엄마를 피곤하게 했던 도시락이었다. 먹고 싶어서가 아니라 먹는 모습을 보여주고 싶은 듯해 잠시 지켜봐주었다. 내게도 권하기에 고개를 가로저었다. 브로콜리를 쥔 손이 꼬질꼬질해서라기보다는, 맛이 없을 게 뻔하기 때문이었다. 소연이 자기는 브로콜리뿐만 아니라 김치도 먹을 줄 안다고 자랑했다. 그게 왜 자랑거리가 되는지는 알 수 없지만. 자기 말을 증명하고 싶은지 냉장고 문을 열었다.

"밥은 안 먹어요?" 은협이 냉장고 모양 서랍을 힐긋 쳐다봤다. "뭐 먹는 모습을 잘 못 본 것 같아요."

"차에서 먹어요. 글러브박스에 있던 식량, 기억나죠?"

잠시 침묵이 내려앉았다. 글러브박스라는 단어가 우리 모두에게 상암에서의 일을 상기시켰다. 그날 나는 부부의 시간을 방해하지 않기 위해 그들의 두 딸을 데리고 돌아왔었다. 일이 어떻게 매듭지어졌는지는 알 수 없었다.

텔레비전 화면이 온통 붉은빛으로 바뀌었다. 야당의 전당대회가 시작되고 있었다. 경선 결과가 발표될 예정이었다. 네 후보의 긴장된 얼굴이 카메라에 잡혔다. 그중 두 후보가 여론조사에서 오늘까지 엎치락뒤치락하며 순위를 바꾸었다. 양자 대결에서의 지지율과, 여당 대선후보를 낀 삼자 대결에서의 지지율이 달랐다.

"누가 될까요?"

은협이 관심 없다는 듯 어깨를 으쓱했다. "저는 뼛속까지 프롤레타리아여서요. 서울 시장 재보선 때도 이쪽이 되길 바라면서 저쪽을 찍었어요."

"바라던 대로 됐군요."

"죽는 건 비겁해요." 은협이 자살한 전 시장을 떠올리며 몸서리를 쳤다. "그렇지 않나요?"

"죽어 마땅한 인간이었어요. 그보다," 나는 더 흡족한 대답을 찾기 위해 노력했다. "죽는 게 우월 전략이었겠고요."

소연이 삶은 브로콜리를 쥔 손으로 전 제주도지사를 가리키며 저 사람이 마음에 든다고 했다. 잘생겨서 좋다고 했다. 비교적 젊어서 마음을 산 듯했다. 할아버지보다는 아저씨 쪽이 그 나이에는 더 현실적으로 느껴질 테니까. 소연에게는 안된 일이지만 아저씨가 선출될 가능성은 없었다.

"나쁜 사람보다," 내가 유력한 후보 중 하나를 보며

말했다. "뭘 할지 모르겠는 사람이 더 위험하대요."

성악가가 너무 희망차서 허황되게 느껴지는 노래를 불렀다. 인이어를 착용하지 않았는지 박자가 어긋났다. 만취해 노래방에 온 영업부 부장 같았다. 세 후보가 노래에 맞춰 박수를 쳤고 나머지 한 후보는 자기 팔을 붙잡고 있었다. 세상을 바꿔달라는 시민들의 인터뷰가 나왔다. 그런 다음 진행자가 투표 집계가 완료되었음을 밝혔다. 누구인지는 모르겠지만 중요해 보이는 남자가 나와서는 봉투를 열고 굉장히 뜸을 들였다.

"발표하려나봐요." 나는 텔레비전 볼륨을 높였다. "결전의 순간이에요. 경선 결과에 따라 다가오는 겨울이 달라질 테니까요. 동대표 아주머니가 기다리고 계세요. 저분이 되면 린나이, 그리고…… 저분이 되면 경동나비엔으로 보일러를 달겠다고 했거든요."

깍지를 끼고 기도하던 소연의 머릿속에 근원적인 질문이 떠올랐다. "엄마, 여기서 이기는 사람이 대통령이야?"

"아니," 내가 약간 건성으로 답했다. "대통령 후보가 되는 거야."

소연은 흥미를 잃고 다시 원래의 상념으로 돌아갔다. 날이 따뜻해지고 있는데 왜 가을 다음에 여름이 오는 게 아닌지. 왜 가을 다음에 여름이 오는 건 이상하고 가을 다음에 겨울 다음에 봄 다음에 여름이 오는 건 당연한지. 왜 이 여름과 저 여름은 다른지, 그렇게 비웃음을 살 만큼 다른지. 텔레비전 속 발표자가 마침내 한 이름을 힘주어 발음했다.

"경동나비엔이네요." 은협이 말했다.

우리가 아래층에서 한가롭게 텔레비전을 보는 동안 동대표 아주머니는 클립보드를 옆구리에 끼운 채 꼭대기층의 초인종을 누르고 있었다. 대연이 문을 열었다. 방문자와의 심도 있는 토론 끝에 김씨 집안의 장남은 곧 가족에게 닥칠 위기를 감지했다. 동대표가 진실의 수호자로서 이 세상에 산타가 없음을 알렸던 것이다. 그들의 물건이 가득한 이 집은 사실 그들의 집이 아니라 빌린 것에 불과했으며 여섯 식구는 본래 주인으로부터 얼마 안 있어 쫓겨날 형편이었다. 은협이 아무리 동심을 지키기 위해 조심했다 하더라도 동대표의 기습적인 방문까지 막을 수는 없었다. 대연은 깨달았다. 이사를 가야 했다. 이사는 전학을, 전학은 짝사랑하는 여자애와의 이별을 의미했다. 손주를 보고 함께 늙어가리라 상상했건만 세정과의 사랑이 시작되기도 전에 끝날 참이었다.

동대표와 형의 대화를 엿들은 김씨 집안 차남은 언젠가 흘려들었던 '전세 거지'의 의미를 이해했다. 다음 날 중연은 등교하자마자 그 네 음절을 발음했던 영범의 코를 오른손 주먹으로 가격했다. 코피가 나지는 않았다. 코피는 중연이 흘렸다. 너무 긴장한 탓에 평소약했던 모세혈관이 터진 것이었다. 중연은 충격받았고 자존심에 상처를 입었다. 코피를 본 영범이 용기를 얻어 그 위에 신나게 주먹질을 시작했다. 같은 시각 담임은 교무실에서 동료에게 맞선 얘기를 늘어놓으며 램스이어 화분에 물을 주고 있었다. 애프터 신청을 받을 수 있을지 걱정이었으므로 복도의 웅성거림이 귀에 들어오지 않았다. 수업 때는 ADHD를 의심하며 항상 중연을 주시하곤 했지만 교실 밖에서는 학생에 대해 쉽게 잊었다. 맞선 얘기를 듣던 동료가 바깥의 수상쩍음을 느끼고 일어서려는데 담임이 다시 끌어다 앉히고 얘기를 이었다. 돌싱이긴 한데 의사예요. 애는 엄마 쪽에서 키운대요. 그렇게 선생들의 감시가 소홀해진 사이, 동생이 얻어맞았다는 소문을 들은 대연은 세정의 기대 찬 눈빛에 떠밀려 2학년 학급으로 가 피의 복수를 했다. 내키지는 않았으나 사나이다움을 보여줄 절호의 기회였다. 회심의 발차기에 영범의 코뼈가 부러졌다. 같은 해에 태어났어도 형은 형이었다. 게다가 대연은 빨간 띠였다.

은협은 새마을금고 문이 열리기를 기다리며 접이식 낚시 의자에 앉아 있었다. 취미를 시작하면 장비부터 갖춰야 직성이 풀리는 보일 씨가 사놓고 한 번도 사용하지 않은 의자였다. 어쩌면 장비를 갖추는 게 취미인지도 몰랐다. 이렇게라도 쓸 수 있어 다행이었다. 세월을 낚는 대신 돈을 낚으러 온 사람들로 새마을금고 앞은 북새통을 이루었다. 새벽부터 그늘막 텐트를 친 사람이 대기 순서 첫 번째를 차지했다. 대출이 소진되지 않은 지점으로 소문나는 바람에 다른 지역에서 차를 끌고 온 사람도 있었다. 제2금융권이었지만 찬밥 더운밥

가릴 때가 아니었다. 산와머니보다는 더운밥이었다. 길 건너 스타벅스에도 줄이 길었다. 핼러윈을 맞아 내놓은 한정판 MD를 사기 위해 늘어선 줄이었다. 지난번 50주년 리유저블 컵을 증정하는 행사에 몰려든 손님으로 인해 파트너들이 살인적인 업무 강도를 규탄하며 트럭 시위를 한 이후로 사측은 이벤트를 자중한다고 했지만 핼러윈 대목을 무시할 수는 없었다. 크리스마스, 벚꽃 다음으로 잘나가는 테마였다. 리유저블 컵 사태 때 조회수로 재미를 보았던 기자들이 임시 휴업 중인 붕어빵 노점 뒤에 숨어 스타벅스의 진풍경을 촬영했다. 의도하지는 않았으나 은행의 줄과 대조를 이루어 좋은 그림이 연출되었다.

자식 넷을 둔 엄마에게 몸은 두 개여도 스무 개여도 모자라기 마련이지만, 이러한 특수한 상황에서는 달랐다. 두 개라도 어딘가, 하는 생각이 드는 것이다. 두 개가 아니면 안 되었다. 절대 안 되었다. 불가능이었다. 가능하지 않았다. 왜 전에는 몸 하나로 됐을까, 어떻게 하나의 몸으로 살았을까, 하는 생각이 새마을금고의 굳게 닫힌 셔터 문을 노려보던 은협의 머릿속을 문득 스치는 동안 나는 민희를 포대기로 업은 채 소연의 손을 잡고 다른 '맘'들 사이에서 노란 봉고차를 기다리며 팔자에 없는 엄마 노릇을 하고 있었다. 소연은 같이 봉고차를 기다리는 친구들에게 우쭐대느라 바쁜 와중에도 좀처럼 내 손을 놓으려 하지 않았다. 내가 은협이 아니었기 때문이었다. 늘어진 옷을 입지도 않았고 세수를 안 하지도 않았다. 한마디로 창피하지 않았다. 심지어는 나를 이모가 아니라 엄마라고 부르는 바람에 다른 맘들은 보일 씨가 새 장가를 든 줄 알고 쑥덕거리기에 이르렀다.

"이모라고 해야지." 나는 모두에게 들리되 공표하는 느낌이 들지 않도록, 소연에게 사적으로 말하는 것처럼 음량을 조절했다. 혹시라도 상처를 주면 곤란했다.

소연이 '이모'와 '이머' 사이의 특유의 발음으로 호칭을 고쳤다. "이모 아빠는 어디 있어요?"

"우리 아빠?" 아버지에 대한 질문은 오랜만이라 그분이 어디 있는지 잠시 생각해보아야 했다. "돌아가셨지. 돌아가신다는 말 아니? 하늘나라에 갔다는 뜻이야. 죽었다는 뜻이지. 다이."

내가 손날로 목 긋는 시늉을 하며 죽음에 대해 설명하는데 소연이 못마땅한 듯 그게 아니라, 하고 단어를 찾았다. 그게 아니라 이모 아빠요. 아니 그게 아니라 이모 아빠요. 우리가 서로 답답해하며 스무고개 하는 동안, 옆에서 어떤 여자가 어린이 언어 전문가로서 이 상황에 못 견디고 참견했다. "남편분 어디 있냐고 물어보는 것 같네요."

"이모부?" 내가 소연에게 확인했다.

소연이 고개를 끄덕였다. 처음 듣는 단어인 듯했는데, 은협은 외동딸이니까, 느낌상 자신이 원하는 단어라는 걸 안 모양이었다. "이모부 어디 있어요?"

"헤어졌어. 빠이빠이 했어. 어디 있냐면," 어디라고 해야 할까? "이모 아빠가 있는 데로 갔어. 하늘나라, 아까 말했지? 죽었다는 뜻이야. 죽는다는 건 살아 있지 않다는 뜻이야. 숨도 안 쉬고 밥도 안 먹고 잠도 안 자고 유치원 봉고차도 안 기다린다는 뜻이야. 우리는 살아 있다는 뜻이야. 왜냐하면 지금 숨도 쉬고 유치원 가려고 노란색 봉고차도 기다리고 있으니까."

우리 대화에 아닌 척 귀 기울이고 있던 다른 맘들이

내 말들로부터 자기 새끼를 보호하며 이쪽을 흘겨봤다. 노란 봉고차가 코너를 돌며 아파트 정문으로 들어서는 게 보였다.

소연이 초조한 듯 물었다. "아빠가 이모부 해도 돼요?"

내가 엄마였으면 좋겠다는 건지, 아빠가 자기 아빠가 아니었으면 좋겠다는 건지 알 수 없었다. 상암에서의 일이 아직 매듭지어지지 않은 게 분명했다. 그 일이 소연을 불행하게 만든 게 분명했다. 나는 쭈그려앉아 소연과 눈높이를 맞추었다. 낯선 무게중심에 몸이 뒤로 기우뚱했다. 혹시 민희의 발이 바닥에 닿지 않았는지 확인했다. 양말 신기는 걸 깜빡해 발이 차가웠다. 두 발을 조몰락거리며 손의 온기를 그리로 옮겼다. "그건 안 돼."

"왜요?"

"너희 아빠는," 나는 누구도 듣지 못하도록 소연의 귓가에 입을 가져다댔다. "못생겼거든."

새마을금고 창구에서 은행원과 마주 앉는 데 성공한

은협은 한 통의 전화를 받았다. 중연의 담임이라고 했다. 아들의 이름을 듣는 순간 은협은 핸드폰을 두 손으로 잡고 자세를 공손하게 했다. 영상통화가 아니었고, 중연에게 무슨 일이 생겼는지 아직 듣지 않았음에도. 열 살 안팎의 사내아이를, 그것도 둘이나 둔 엄마라면 당연한 반응인지도 몰랐다. 담임의 얘기를 들은 은협의 입이 경악으로 벌어지는 동안 은행원은 뒤에 늘어선 줄을 어림하며 책상에 펜 끝을 초침보다 빠른 속도로 두들겼다. 은협은 고개를 조아려 담임과 은행원 모두에게 죄송하다고 사과했다. 은행원이 다음 고객을 호출하려 하고, 담임이 당장 학교로 와주셔야겠다고 호출하는, 그 오도 가도 못하는 상황에서 은협이 달리 무얼 할 수 있었겠는가. 민희를 트림시키고 어깨에 묻은 토사물을 닦아내고 있던 내게 도움을 요청하는 것 말고는. 앉으면 눕고 싶고 누우면 자고 싶은 게 사람 마음이었다. 한 번이 어려웠지 두 번은 어렵지 않았다. 나는 은협이 소연을 데리고 피부과의원에 간 동안 민희를 돌봤고, 보일 씨의 애인을 찾으러 상암에 동행했고, 아기를 포대기에 업은 채 소연을 등원시켰다. 대연과 중연의 일을 수습하러 초등학교에 가지 못할 이유 또한 어디에도 없었다. 한번 자전거를 배우면 다시는 못 타는 상태로 돌아가지 못하는 것과 같았다. 이미 나는 돌아올 수 없는 강을 건넌 뒤였다.

지난번 카시트를 샀던 백화점에 들러 유모차를 골랐다. 은협의 집에도 유모차가 있었지만 이런 날에는 더 근사한 게 필요했다. 경차를 타고 고속도로를 운전하면 무시당하는 법이었다. 운전 실력이 미흡할수록, 불리한 입장일수록 포르쉐를 몰아야 했다. 그러면 알아서 비켜 가게 마련이었다. 어린 시절 내 어머니는 학교에 불려올 때면, 가난하지 않았음에도, 일부러 보풀이 인 후줄근한 옷을 입곤 했다. 불쌍해 보이기 위해서였다. 면담용 옷을 구비해놓기까지 했다. 어머니는 자기보다 어린 선생에게 굽실거려 상황을 무마하곤 했다. 제가 애를 잘못 키웠어요. 심성은 착한 아이인데, 그럴 애가 아닌데. 왜 나를 변호하는지 알 수 없었다. 나를 지극히 사랑하는 것처럼 보였다. 모순적이게도 내가 남에게 무얼 잘못해야만, 사고를 치고 말썽을 부려야만 볼 수 있는 모습이었다. 남 앞에서만. 하교한 내가 자동차 조수석에 타면 어머니는 파우더 퍼프로 볼을 찍어 누르고 있었다. 파우더 케이스를 캐스터네츠처럼 딱 닫고는 싸늘하게 말했다. 너 때문에 이 꼴이 되었어. 기쁘니?

나는 실버크로스에 민희를 태우고 교장실로 들어갔다. 가진 것 중 가장 좋은 옷을 입고 가장 비싼 가방을 들고 가장 높은 굽의 구두를 또각거리면서. 달고 느끼한 냄새가 나는 향수도 뿌렸다. 이모와 엄마 중 무엇이 되는 게 더 유리할지는 생각하지 않았다. 교장실 문을 열자 코에 부목을 댄 영범, 영범의 엄마로 보이는 여자, 교장이 소파에 앉아 있었다. 나머지 자리에 대연과 중연이 어찌어찌 끼어 앉아 있었다. 무릎 꿇고 손 든 것보다 굴욕스러운 모습이었다. 중연은 코가 피로 얼룩진 채 부풀어 있었고 대연은 멀쩡했다.

교장실 안의 다섯 사람 모두 기다림에 지친 기색이었다. 백화점에 들렀다 오느라 도착하기로 약속했던 시간보다 늦은 터였다. 누군가를 기다리게 하는 사람이 곧 중요한 사람임을 뜻하므로, 의도했던 바였다. 나는 실버크로스를 적당한 곳에, 아주 천천히 주차한 다음 교장과 악수했다. 내가 누군지는 알아서 생각하게 됐다. 영범의 엄마와도 악수했다. 예상치 못했던 당당함에 영범 엄마는 당황했고, 그때까지 끌어올리고 있던 분노를 잊었다. 나는 거들먹거리는 표정의 영범과 악수하고는 강아지에게 하는 것처럼 머리를 쓰다듬었다. 그리고 대연과 중연의 따귀를, 각각 있는 힘껏 후려쳤다.

교장이 벌떡 일어나 두 학생을 보호했다. 영범 엄마가 비명을 지르며 나를 뜯어말렸다. 나는 오른손을 쥐었다가 폈다. 몸이 휘청거리고 잠시 앞이 하얗게 보였다. 중지에 굵은 반지를 낀 터라 손가락이 부러진 것처럼 아팠다. 누구를 때려본 건 처음이었다. 훼손당한 느낌이 들었다. 나는 할 수 있는 가장 똑바른 자세로 서서 심호흡했다. 약간 미소 지었다. 볼을 감싸쥔 형제의 눈빛에 어린 감정이 당혹이었다가, 분노였다가, 종내에는 경외였다고, 나는 생각한다. 실제로 그날 이후 중연은 나를 아줌마가 아니라 이모라고 불렀다. 형과 여동생이 진작 그랬던 것처럼.

교장과 영범 엄마에게 예의를 갖춰 사과하는 동안 나는 중연과 대연에게 눈길을 주지 않았다. 철저하게 무시했다. 코뼈가 부러진 영범도 그 자리에 없는 것처럼, 투명인간처럼 대했다. 애들은 빠지라는 의미였다. 그런 분위기 속에서 영범 엄마도 차츰 자기 아들로부터 벗어났다. 불안해진 영범이 엄마의 팔을 잡아당겨도 귀찮다는 듯 물리쳤다. 나는 영범 엄마와 어른 대 어른으로 대화했다. 서로 사과했고, 서로 사과하게 하는 걸로 일을 마무리지었다. 혹시 몰라 챙겨갔던 봉투는 핸드백에서 나오지 않았다. 그런 다음 형제의 담임들과 차례로 면담했다. 중연의 담임인 하선 씨와는 친구가 되었다. 램스이어 화분과 맞선 얘기로 하선 씨와 즐거운 시간을 보냈다. 종이 울리자 하선 씨가 배웅하며 말했다. 연락해요, 은협 언니.

나는 대연의 담임과 하선 씨에게 양해를 구하고 은협의 두 아들을 조퇴시켰다. 외과병원에서 중연의 코를 소독하고 대연의 멀쩡한 얼굴도 진찰받게 했다. 맥도날드에 데려가 햄버거를 먹였다. 양상추가 다시 돌아와 있었다. 넣는 흉내만 낸 수준이긴 했지만.

"아까 때려서 미안해." 나는 진심으로 사과했다. "내가 혼내야 그분들이 너희를 못 혼내. 이해하니?"

입가에 마요네즈를 묻힌 중연이 어깨를 으쓱했다. 어차피 태권도장에서 사범님한테 많이 맞으니까 상관없다고 했다. "검은 띠 형들은 안 맞아요. 똑같이 잘못해도요."

"검은 띠를 따고 싶니?" 나는 한 손으로는 유모차를 살살 흔들고, 남은 한 손으로 빨대를 잡았다. 밀크셰이크를 쪽 빨았다. "안 맞고 싶니, 형들처럼?"

"아뇨. 검은 띠 형들도 맞았으면 좋겠어요."

석 달 넘게 이어져온, 나를 향한 중연의 묘한 적대감은 이제 사라지고 없었다. 중연은 내가 자기로부터 엄마를 뺏었다고 생각했었다. 은협이 내 집에서 시간을 보내는 것도 마음에 들어 하지 않았다. 실은 반대였는데도. 내가 은협을 뺏은 게 아니라 은협이 나를 뺏었다. 누구로부터, 무엇으로부터? 나로부터, 내 시간으로부터. 불만은 없었다. 내가 은협으로 하여금 나를 뺏게 했으므로.

"검은 띠 형들 맞게 하는 방법 알려줄까?"

중연이 햄버거를 내려놓고는 고개를 끄덕였다. 진지한 표정이었다.

"일단 네가 검은 띠를 따야 해." 내가 말했다. "그다음에 도저히 안 맞을 수 없는, 커다란 잘못을 저질러. 그러면 사범님이 너를 때리겠지. 도저히 안 때릴 수 없는, 커다란 잘못이니까. 앞으로 사범님은 다른 검은 띠 형들도 때리게 될 거야. 처음이야 어렵지만 두 번째는 쉽거든. 네가 처음이 되는 거야. 물꼬를 튼다는 말, 알지?"

"물. 꼬." 중연이 다짐을 두듯 말했다.

"그래, 이 물꼬 녀석아. 얼른 검은 띠부터 따렴."

나는 유모차를 앞뒤로 흔들어 민희를 방긋 웃게 했다. 밀크셰이크를 3분의 1쯤 먹었다. 햄버거 포장지를, 두 번째로, 벗기는 중연과 달리 대연은 먹는 둥 마는 둥 했다. 근심 어린 표정이었다. 내가 주시하면 얼른 먹는 척했고, 안 보면 동작을 멈췄다. 언짢고 불편한 마음과 밉보이고 싶지 않은 마음이 서로 부딪치는 듯했다. 나는 왜 은협 대신 내가 학교에 가야 했는지, 뒤늦게, 설명했다. 어디까지 말해야 좋을지 조심스러웠다. 은협이 새마을금고 앞에 줄을 서야 했던 사정을 어떻게 설명한단 말인가. 그러나 괜한 걱정이었다. 진실의 수호자가 이미 2302호를 다녀간 뒤였기 때문이었다. 대연은 산

타가 없다는 걸 알고 있었다.

　나는 아들들을 태권도장에 데려다준 다음 소연을 하원시켰다. 민희에게 분유를 먹였다. 기저귀를 갈아주고, 토하지 않기를 바라며 등을 두들겼다. 다행히 이번에는 옷을 갈아입지 않아도 되었다. 가진 것 중 가장 좋은 옷을 망치지 않아도 되었다. 피티에 갈 시간이 없어진 덕에 힘이 적당해진 듯했다. 온종일 돌아다니느라 진이 빠진 것 같기도 했다. 은협은 연락이 없었다. 먼저 연락하기 꺼려져 나도 하지 않았다. 자칫 다그치는 것처럼 느껴질 수도 있었다.

　소연이 놀러 나가자고 떼를 썼다. 나는 딸들을 데리고 스타벅스에 갔다. 앉아서 쉬고 싶었다. 줄 서서 음료를 주문했고, 소연이 호박이 그려진 핼러윈 텀블러를 갖고 싶어 하기에 계산하기 위해 다시 줄을 섰다. 새벽같이 몰려들었던 사람들로부터 외면받은 제품이었다. 카운터에서 한 손님이 파트너들에게 항의하고 있었다. 다회용 컵을 이용자에게 설거지시키는 정책 때문이었다. 보증금을 내서 컵을 사고, 씻어서 반납하면 보증금을 돌려받는 방식이었다. 바보 같았다. 이렇게 싸울 바에야 지구가 조금 망가지는 편이 낫지 않을까 싶었다.

나는 바 자리에 앉아 초콜릿 칩이 들어간 프라푸치노를 마셨다. 종이 빨대 맛밖에 나지 않았다. 소연은 뭔가 건강에 좋아 보이는 초록색 주스를 마셨다. 당연히 내게 보여주기 위해 고른 것이었다. 스스로 혹사하면서 무얼 얻는지 알 수 없었다. 민희는 고무젖꼭지를 빨았다. 창밖으로 낙엽이 떨어졌다. 길 건너 새마을금고 앞은 이제 한산했다. 은행 일이 잘 처리되었을지 궁금했다. 핸드폰이 울렸다. 하선 씨였다. 돌싱 의사에게 애프터 신청을 받았다는 소식이었다. 나는 피식 웃었다. 그림자가 지는 느낌에 고개를 드니 유리 벽 너머로 내가 아는 사람이 지나가고 있었다.

이웃사촌끼리 동네에서 마주치는 건 크게 놀라운 우연이 아니다. 아무리 그날 내가 이웃사촌의 딸들을 데리고 있었다 하더라도. 나는 놀라지 않았다. 나를 놀라게 한 건 은협이 아니라, 은협과 팔짱을 끼고 나란히 걷고 있는 다른 여자였다. 여자는 은협보다 키가 두 뼘 정도 컸다. 허리까지 오는 검은 긴 생머리를 얼굴 주위로 커튼처럼 드리웠다. 트렌치코트가 천박한 원피스를 가려주었다. 보도블록을 밀어내는 구두 바닥이 새빨갰다. 나는 어쩐지 상암에 살 것만 같은 키 크고 사치스러운 여자를 알아보았다. 그 여자의 두 발에 완벽하게 들어맞는 루부탱을.

3

  새마을금고에서 은협은 대출이 불가능하다는 얘기
를 들었다. 신용이 높아 중금리 대출을 받을 수 없다는
것이었다. 만약 받는다 해도 보일 씨의 연봉까지만 가
능했다. 새벽같이 나와 줄을 선 보람이 없었다. 더운밥
은 다 팔렸고 미지근한 밥은 자격 초과였다. 남은 건 찬
밥, 산와머니뿐이었다. 지금 가진 전세금으로 아파트에
살려면 경기도로 나가야 했고 서울에 살려면 빌라로 옮
겨야 했다. 경기도는 싫었고 빌라는 더 싫었다. 한번 밀
려나면 끝이었다. 전세금은 보일 씨의 월급을 한 푼 두

푼 모아 만든 것이었다. 그들의 전 재산이었다. 왜 그렇게 빚내는 걸 무서워했던가. 이 년 전, 빚을 내서 집을 샀더라면. 그때는 아주 조금 모자랐을 뿐인데, 이제는 꿈도 꿀 수 없게 되었다. 은협은 죽고 싶었다. 천국에 간다면, 다시 한번 기회가 주어진다면, 천국의 땅을 사리라. 죽으면, 죽어도 전세 살지 않으리라.

은협은 새마을금고를 터덜터덜 나왔다. 집에 들러 루부텡 상자를 챙겼다. 다행히 환불 기간 전이었다. 영수증을 챙겨 버스를 두 번 갈아타고 백화점에 갔다. 텅 빈 매장 안으로 들어가려는데 직원이 가로막았다. 대기 명단에 이름을 올려야 한다고 했다. 최상의 접객 서비스를 위해 매장 내 손님 수를 제한한다는 것이었다. 대기 번호 98번이었다. 예상 시간은 정확하게 안내할 수 없으나 차례가 오면 전화를 준다고 했다. 은협은 푸드코트에서 평양냉면을 먹었다. 에스컬레이터가 보이는 자리였다. 멍하니 구경하며 음식을 씹었다. 면발이 툭툭 끊기고 국물은 수돗물 같았다. 이딴 게 만 원이 넘는다니, 세상이 어떻게 되려는지 알 수 없었다. 에스컬레이터가 사람들을 위에서 아래로 아래에서 위로 실어날랐다. 팔자 좋은 사람들. 아래층에 사는 언니와 비슷한 사람을 본 것도 같았다. 은협은 고개를 가로저었다. 그럴리 없었다. 지금쯤 사고를 수습하러 초등학교에 가 있을 테니까.

쓸데없이 비싼 음식을 먹고 오랜 기다림을 견딘 은협이 매장에서 들은 얘기는 환불받을 수 없다는 것이었다. 손상이 심하다고 했다. 한 번도 신지 않았다고 항변하자 여직원이 남자 매니저를 불렀다. 컴플레인 발생시의 매뉴얼인 듯했다. 진상 취급을 당한 것 같아 기분이 상했다. 검은색 슈트에 금빛 명찰을 단 매니저가 다가와 흰 장갑을 끼고 깍듯한 태도로 구두를 받아들었다. 대접받아야 하는 게 은협이 아니라 구두라는 듯이. 매니저가 찌그러진 가죽 부분을 가리켰다. 지난번 은협이 보일 씨의 머리통을 내리찍지 않기 위해 사력을 다한 흔적이었다.

은협은 상자를 품에 안고 매장에서 나왔다. 버스를 두 번 갈아타고 집으로 돌아왔다. 집이 난장판이었다. 난장판이었지만 은협의 소중한 집이었다. 은협의 집이 아니었다. 당장 몇 달 뒤 집주인 아들의 신혼집이 될 터였다. 보일 씨가 저주스러웠다. 이불장 서랍을 열었던 자신이 저주스러웠다. 은협은 식탁에 올려둔 구두 상자를 바라봤다. 은협을 화나게 한 건 구두가 아니었다. 그 구두가 루부탱이라는 사실이었다. 자신이 고작 삼만 원 돌려받기 위해 진료비 계산서로 씨름하는 동안, 딸아이를 병원 바닥에 오줌 싸게 만드는 동안, 보일 씨는 비싸고 남부끄러운 취미생활을 하고 있었던 것이다.

은협은 집 안을 돌아다니며 바닥에 아무렇게나 내팽개쳐진 잠옷들을 주웠다. 창문을 열고 텔레비전 위의 먼지를 떨었다. 청소기를 돌리고 무릎걸음으로 걸레질을 했다. 여섯 식구의 빨래를 넣었다. 밀린 설거지를 했다. 젖병과 고무젖꼭지를 삶았다. 식탁의자에 앉아 엎드려 울었다.

은협은 마음을 추슬렀다. 구두 상자를 풀고 면밀하게 사진을 찍었다. 찌그러진 가죽 부분은 비켜서 촬영했다. 당근마켓에 정가의 70퍼센트 가격으로 올렸다. 41사이즈, 미착용, 박스 풀세트, 백화점 구매, 보증서 있음. 남자친구한테 선물받았는데 제 스타일이 아니라 입양 보내요. 우는 이모지를 붙여 글을 올렸다. 반응이 없어 가격을 50퍼센트로 낮췄다. 그제야 채팅이 몇 개 왔다. 해외직구 가격이랑 비슷하네요. 그럼 해외직구로 사세요, 하고 답장을 보냈다. 나머지는 전부 사이즈 문의였다. 많이 큰가요? 41사이즈면 몇 밀리미터인가요? 240 신는데 맞을까요? 평균적인 사이즈가 아니라서 적임자가 드물었다. 발이라도 작았더라면.

회의감이 느껴져 글을 지우려는 순간, 채팅이 하나 떴다. 차비를 빼주면 당장 사겠다고 했다. 은협은 '이미 많이 내린 가격인데요'를 적었다가 지웠다. 바로 와주실 수 있나요?

주소를 노출하고 싶지 않았으므로 아파트 정문에서 만나기로 했다. 매일 아침 소연을 등원시키는 장소였다. 다들 유치원이나 학교나 직장에 가 있을 시간이었다. 경비실 근처에서 배달원이 오토바이에 걸터앉아 담배를 피우고 있었다. 교복을 입은 여자애가, 중학생인지 고등학생인지 모르겠지만, 핸드폰 화면을 들여다보며 어슬렁거렸다. 도착했어요, 하고 은협이 채팅을 보냈다. 바로 답신이 왔다. 저도 도착했어요. 은협은 주위를 둘러보았다. 마찬가지로 주위를 둘러보는 여학생과 눈이 마주쳤다.

구매자와 판매자 모두 놀랐다. 아가씨인 줄 알았는데 아줌마였고, 아가씨인 줄 알았는데 학생이었다. 확인해 봐도 될까요? 한눈에도 작은 발을 지닌 여학생이 물었 다. 은협은 고개를 끄덕이고 상자를 열었다. 찌그러진 부분을 발견할까봐 긴장되었다. 가슴이 조여들었다. 여 학생은 구두를 요모조모 살펴봤다. 크기를 가늠하듯 구 두 두 짝에 양손을 집어넣었다. 왜 발이 아니라 손을 넣 는 걸까? 생각하고 있는데 여학생이 냅다 뛰어가 경비 소 근처 배달원의 오토바이에 올라탔다. 배달원이 꽁초 를 비벼 끄고 앞자리에 탔다. 머플러를 개조한 배기음 을 내며 오토바이가 출발했다.

은협은 빈 상자를 들고 서서 오토바이가 멀어지는 모습을 멍하니 바라봤다. 약 이삼 초 후 정신을 차리고 달려가 뒤쫓기 시작했다. 횡단보도에서 슬리퍼가 벗겨 져 깡충대며 돌아가 발에 꿰었다. 신호등의 초록색 불 이 깜빡거렸다. 마침 승객이 내리고 있는 택시가 보였 다. 슬리퍼가 벗겨지지 않도록 발가락에 힘을 꽉 주고

뛰었다. 문이 닫히기 직전에 택시 뒷좌석에 몸을 날리는 데 성공했다. 은협은 운전석과 조수석 사이에 상반신을 욱여넣은 채로 손을 뻗어 도망자를 가리켰다. 따라가주세요!

두 도둑은 추레한 아줌마, 은협을 얕본 게 분명했다. 추격하리라고는 예상하지 못한 듯했다. 신호등 몇 개를 통과하자 충분히 따돌렸다고 생각했는지 나들이 나온 연인처럼 속도를 늦추었다. 여학생이 구두를 끼운 손으로 배달원의 허리를 껴안은 채 환호성을 질렀다. 은협은 느리고 조용하게 움직이는 택시 안에서 112에 전화했다. 저어되는 마음은 없었다. 한 번이 어렵지 두 번은 쉬웠다. 상암에서, 비록 자기 손으로 신고했던 건 아니지만, 어쨌거나 겪어보지 않았던가. 용기가 샘솟았다. 은협은 시시각각 위치를 알리며 경찰차가 포위하기를 기다렸다. 잠시 후 사이렌 소리가 들렸다.

결과적으로, 도둑들은 훈방되었다. 촉법소년이라 처벌이 어렵다고 했다. 청와대에 폭탄을 투하해도 마찬가지일 거라고 했다. 도난 사건은 용돈이 모자란다는 이유로 철없이 저지른 실수로 마무리되었다. 보호자 자격으로 불려온 부모들이 죄송하게 됐다고 은협에게 마지못해 사과했다. 순진한 애들을 괜히 혹하게 했다고 생각하는 듯했다. 견물생심, 물건을 보여줬으니 마음이 생겼을 것이다. 애들한테 물건을 팔려고 한 저 여자에게도 어느 정도 책임이 있을 것이다. 형사가 피해자에게 사과하라고 두 청소년을 윽박질렀다. 은협에게 주어진 선택지는 어른으로서의 너그러운 용서밖에 없었다. 달리 방법이 없었다. 대연과 중연, 그리고 영범이 서로 사과하고 화해하는 동안 은협은 도둑들과 화해해야 했다.

경찰이 조서를 쓴 뒤 증거물 봉투에 담긴 구두를 은협에게 건넸다. 망할 놈의 구두가 상자 속으로 돌아왔다. 뚜껑이 닫혔다.

되는 일이 없는 하루였다. 대출도, 환불도, 중고 거래도 물 건너갔다. 은협은 보일 씨에게 전화를 걸어 당장 집으로 오라고 호령했다. 왜 자신이 고통받아야 하는지 알 수 없었다. 보일 씨는 이혼당하지 않기 위해 즉각 반차를 내고 달려왔다. 크나큰 죄를 지은, 들킨, 보일 씨에게 복종 말고 다른 선택지는 없었다. 부부의 여생은 앞으로도 이런 식의 위계로 흘러갈 터였다. 차라리 잘된 일인지도 모른다고 은협은 생각했다. 잘된 일이라고 여겨야 덜 괴로웠다. 기만에 불과할지라도. 은협은 상암의 원룸에서 챙겨온 망측스러운 원피스 여남은 벌을 쓰레기통에서 꺼냈다. 모두 보일 씨가 산 옷들이었다. 주도면밀하게도 현금이나 무통장입금으로 구입한 옷들이었다. 지금까지 누구와 살았던 걸까. 헛웃음이 나왔다.

도어록 비밀번호를 누르는 소리가 들렸다. 보일 씨가 발뒤꿈치를 들고 들어왔다. 마침내 은협은 궁금했던 걸 물었다. 왜 루부탱인지. 많고 많은 구두 중에 왜 하필 루부탱이어야만 했는지. 발이 커서,라고 보일 씨가 기어드는 목소리로 말했다. 41사이즈의 구두는 그 브랜드에서만 팔았다고. 구두 상자는 겨울이 오기 전에 어디로든 옮길 생각이었다고, 이렇게 빨리 추워질 줄 몰랐다고 덧붙였다. 차나 회사에 보관하는 건 아무래도 부적절했고 상암에는 한 번 도둑이 들었던 터라 고가의 신발을 두기 꺼려졌다는 것이다. 산 게 잘못이 아니라 발각된 게 잘못이라는 듯한 투였다.

　은협은 신데렐라를 찾으러 온 왕자님처럼 한쪽 무릎을 꿇고 구두를 내려놓았다. 신으라고 명령했다. 보일 씨는, 상암에서 그랬던 것처럼, 시키는 대로 했다. 그때는 알리바이를 입증하기 위해서였고, 지금은, 왜 신어야 하는지 알 수 없었다. 뭐가 중요하겠는가. 시키는 대로, 고분고분, 납죽 엎드려, 화를 풀어주는 게 급선무였다. 은협의 의중은 다음과 같았다. 기왕 산 것이고 버릴 수도 팔 수도 없으니 쓰기라도 해야 한다. 다른 구두도 아니고, 하필이면 루부탱일 경우에는 더더욱. 보일 씨의 두 발이 15센티 굽의 밑창이 빨간 검은색 펌프스에 맞춤하게 들어갔다. 보일 씨가 신데렐라였다.

　이를테면 은협은 이런 사람이었다. 남편이 여장을 해왔다는 사실보다, 그 취미생활에 드는 비용이 값비싸다는 데 더 분노하는 사람. 보일 씨의 여장 취미에는 얼마간 은협의 책임도 있었다. 시작은 보일 씨의 탈모였다. 탈모약 부작용에 대한 우려 때문에, 즉 불임이 두려웠기 때문에 보일 씨는 프로페시아 복용과 미녹시딜 도포 시기를 놓쳤다. 민희가 태어나고 더 이상 자식 계획이 없어졌을 때는 이미 손쓸 수 없이 사정이 나빠진 뒤였다. 모발이식 얘기를 꺼내자 은협은 반대했다. 앞으로도 빠질 테니 다 빠지면 그때 심으라는 것이었다. 입하나 더 늘어난 데 대한 지출도 무시할 수 없었다. 보일 씨는 차선책으로 정수리 가발을 알아보았다. 머리핀처럼 똑딱이로 붙이는 방식이었다. 자연스럽고 감쪽같았다. 이번에도 은협은 반대했다. 고작 머리카락 몇 올을 이 돈 주고 산다고? 은협의 눈길을 끈 건 고열사 통가발이었다. 고데가 가능했고 값은 정수리 가발과 비슷했다. 기왕이면 가장 긴 기장으로 사라고 했다. 잘라서 쓰면 되니까. 싸고 양 많은 것에 대한 선호가 가발에도 적용되었던 것이다. 보일 씨가 반항하기 전에 은협은 치렁치렁하고 시커먼 생머리 가발을 생활비 카드로 결제했다.

가발은 한동안 SM5 트렁크에 처박혀 있었다. 어쩐지 열어보기가 겁났다. 으스스하고 징그러웠다. 그러는 동안 원형탈모는 점차 반경을 넓혀가고 있었다. 고개 숙여 인사할 때 한 손으로 정수리를 가려야 할 정도였다. 시간이 속절없이 흘렀다. 평일에는 일하느라 바빴고 주말에는 집안일과 육아를 돕느라 바빴다. 미용실에 갈 시간이 없었다. 그걸 뒤집어쓰고 갈 용기도 없었다. 어느 일요일 밤 보일 씨는 티브이를 틀어놓고 팔걸이가 낮은 소파에 잠들어 있다가 홀린 듯 눈을 떴다. 자신이 누구인지, 여기가 어디인지 잠시 기억해내야 했다. 집 안이 고요했다. 아무도 없는 것처럼, 총각 때처럼. 불행히도 몇 시간 뒤면 출근이었다. 자식 넷을 둔 가장으로서 꼭 해야만 하는 일이었다.

다만 출근 전에 기분 전환이 필요했다. 인생의 마지막일지도 모르는 주말을 잠으로 낭비하는 것보다는 나았다. 지구가 멸망하길 기도하는 것보다는 현실적이었다. 보일 씨는 아파트 지하주차장으로 내려갔다. 천장에 군데군데 형광등이 달려 있었다. 날벌레가 빛에 달려들어 톡톡 부딪쳤다. 초록색으로 코팅된 바닥에서 몸에 나쁘고 기분 좋은 냄새가 났다. 공기가 습하면서 건조했다. 냄새는 습한데 눈알은 건조했다. 보일 씨는 운전석에 앉아 선바이저를 내렸다. 머리에 망을 씌워 빈약한 머리칼을 두피에 밀착시킨 뒤 그 위로 가발을 썼다. 축 늘어진 검은 짐승을 얹듯이. 머리칼이 얼굴에 닿는 느낌이 선득했다. 보일 씨는 핸들에 양팔을 받치고 얼굴을 이리저리 틀어 거울을 봤다. 기마자세로 가발이 어디까지 내려오는지 확인했다. 거울이 작고 좁았다. 너무 가까이 붙는 바람에 오랜 세월 알코올로 다져진 두툼한 뱃살이 클랙슨을 눌렀다. 경적 소리가 동굴에서처럼 꽈아앙, 꽈앙, 꽝, 망, 밍, 하고 울렸다.

그 일요일에서 월요일로 넘어가는 밤 이후로 보일 씨는 종종 지하주차장에 내려갔다. 가발에 어울리는 옷을 샀다. 옷에 어울리는 핸드백을 샀다. 핸드백에 어울리는 장신구를 샀다. 장신구에 어울리는 옷을 샀다. 이태원의 드래그퀸, 크로스드레서 전문 상점에서 쇼핑했다. 구두는, 의외로, 사기 어려웠다. 성인 남성치고도 큰 발이었다. 보일 씨는 연구소 근처에 원룸을 얻었다. 취미를 만들면, 혹은 만들어야겠다고 마음먹으면 장비부터 사고 보는 버릇은 어디 가지 않았다. 상암의 원룸은 보일 씨의 비밀 옷장, 드레스 하우스였다. 애들이 놀아달라고 조르거나 악을 써대며 울지 않는 곳이었다. 방공호였다. 우리가 경찰을 대동하고 쳐들어가기 전까지는.

차라리 잘됐다고 생각한 건 은협뿐이 아니었다. 이유는 달랐지만 보일 씨도 차라리 마음이 편했다. 비밀을 감당하기 버거웠던 터였다. 그래서 은협이 루부탱을 신으라고 명했을 때, 의중은 알 수 없었으나 내심 기뻤다. 구두 위에 올라서니 집이 달리 보였다. 미니어처처럼 보였다. 다 자라서 초등학교에 들른 어른이 된 기분이었다. 발부리가 기분 좋게 욱신거렸다. 구겨진 가죽이 새것인 양 펴졌다. 보일 씨는 눈치를 보다가 걷기를 시도했다. 균형 잡기가 어려워 넘어질 뻔할 때마다 은협의 어깨를 붙들었다. 은협은 두 아들과 큰딸에게 했듯 보일 씨를 도와주고 격려했다. 작은딸에 앞서 남편에게 걸음마를 가르치게 되리라는 것은 꿈에도 몰랐지만. 이 얼토당토않은 상황에 은협이 인내하는 이유는 하나였다. 앞서 말했듯, 기왕 비싸게 샀으니 사용을 해야 했다. 그러지 않으면 원통해 제명에 못 살 것 같았다. 이제 아시겠는지. 둘이 결혼한 이유는 '두 줄'이 아니었다. 임신 공격도 아니었다. 그것은 최초에 한하여 유효한 개념이므로. 각기 다른 의도가 결국 같은 결과를 빚어내는 것으로 미루어 보아, 부부는 천생연분이었다. 자식을 넷이나 뒀다는 것도 그 증거였다.

부부는 밖으로 나가보기로 했다. 동네를 한 바퀴 돌고 오는 게 목표였다. 연습은 실전처럼, 실전은 실전처럼. 보일 씨가 창피하고 무섭다며 현관에서 투정을 부렸다. 유치원에 가기 싫어 떼쓰는 큰딸 같았다. 걸음마 교육의 악영향인 듯했다. 은협은 치밀어오르는 화를 억눌렀다. 지금 누가 창피하고 누가 무서운데. 내가 더 창피해, 네가 더 무서워. 그토록 바라던 일 아니었나. 누구 보여줄 것도 아닌데 왜 여자 옷을 입나. 숫기만 있었어도 그 조그만 단칸방에 월세를 내지 않아도 되었을 것이다. 밖에 나가지도 못할 성격으로 어떻게 이런 과격한 취미를 갖게 되었는지 알 수 없었다. 그때 정수리 가발 사는 걸 말리지 않았더라면, 은협은 이제는 익숙해진 방식으로 후회했다, 가만 놔뒀더라면 집에서 쫓겨나지 않아도 되었을 텐데. 속이 터졌지만 보일 씨를 어르고 달랬다. 저 큰 구두를 자신이 신을 수는 없는 노릇이었다. 보일 씨가 해야 했다. 최소 백 번은 신어야 본전일까 말까 했다.

두 사람은 스타벅스 앞을 지나갔다. 밖이 더 환해 유

리가 검게 보였다. 갈증이 났지만 사람 많은 곳에는 들어가지 않기로 합의를 보았다. 밖에 나오는 것과 사람을 대면하는 것은 차원이 다른 문제였다. 멈추면 다시 걷기 어려워지기 때문에 일정한 속도로 걸으며 그런 얘기를 나누었다. 동네 한 바퀴의 중간쯤 되는 지점이었다. 코너를 돌아야 한다는 뜻이었다. 그때 은협은 어깨를 붙들리는 느낌에 옆을 올려다봤다. 아무도 없었다. 보일 씨는 갑자기 멈춰 선 은협 때문에 저 앞에서 중심을 잃고 발목을 바들바들 떨고 있었다. 까딱하면 굽이 부러질 것 같았다. 은협이 항의하듯 뒤를 돌아봤다.

"안녕하세요?" 내가 인사했다.

루부탱을 신은 여자가, 그때는 보일 씨인 줄 몰랐다, 백스텝으로 걸어왔다. 걸음마 도우미를 찾기 위해서였다. 낙엽이 15센티미터 굽에 감겼다. 상암에 사는 보일 씨의 애인이, 말했듯 그때는 보일 씨인 줄 몰랐다, 어렵사리 뒷걸음질해 발견한 사람은 똥 마려운 강아지 표정을 한 은협과, 나였다.

"이쪽은······." 은협이 여자를 뭐라고 소개할지 고민

했다.

여자가 은협과 뜻 모를 눈빛을 교환한 뒤 내게 오른 손을 내밀어 악수를 청했다. "보미예요."

편도선 수술을 받고 보름쯤 지난 것 같은 목소리였다. 은협은 내게 보미 씨를 소개했지만, 소개하려 했지만, 보미 씨에게는 내가 누군지 소개하지 않았다. 그럴 필요가 없었다.

"안녕하세요, 보미 씨." 나는 뼈마디가 굵은 손을 맞잡고 위아래로 두 번 흔들었다. "그러니까 보일 씨의……."

"누나예요." 은협이 여자 대신 대답했다. 그러고는 스스로도 놀라는 듯했다. "저희 형님이세요."

"어쩐지." 나는 보미 씨의 얼굴을 뜯어보았다. "보일 씨랑 닮으셨네요. 가발 쓴 보일 씨 같아요!"

보미 씨가 머리카락을 손갈퀴로 빗으며 하하하, 하고 로봇처럼 웃었다. 목울대가 움직였지만 이상하게 느껴지지는 않았다. 지극히 당연해 보였다. 나는 실수했구나, 생각했다. 숙녀에게 보일 씨와 닮았다는 얘기를 하다니, 욕이나 다름없었다. 얼굴에 침을 뱉는 게 오히려 덜 기분 나빴을 것이다. 은협이 뭔가를 찾는 듯 주위를 두리번거렸다.

"소연이랑 민희는 스타벅스에 있어요." 내가 은협을 안심시켰다. "여자들끼리 오붓하게 티타임 중이었거든요. 걱정 마세요. 한국은 안전한 나라잖아요. 노트북이랑 핸드폰을 자리에 두고 화장실에 가도 되는 나라죠. 훔쳐가지 않았을 거예요."

"연락 못해서 미안해요, 언니."

"참, 대연이랑 중연이 일은 잘 처리했어요." 나는 오늘 있었던 일을 대강 설명했다. "따귀 때린 건 미안해요. 어쩔 수 없었어요."

"미안해요······."

"어디 가던 길이었어요?" 내가 물었다. 정말로 궁금해서 물은 것이었다.

"집이요." 은협이 추궁당하는 사람처럼 답했다. "미안해요."

"잘됐네요. 기다리세요, 같이 가요. 저는 애들 좀 데리고 올게요." 나는 보미 씨에게 웃어 보였다. "고모를 만나게 되겠네요."

새로 산 유모차는 보미 씨에게 도움이 되었다. 보행 보조기로 훌륭했다. 걸음걸이가 이상한 건 구두를 오랜만에 신어서라고 했다. 보일 씨에게서 압수한 루부탱을 형님에게 주었는데 다행히 발에 잘 맞는다고 했다. 핼러윈 텀블러를 든 소연이 고모를 뚫어져라 쳐다봤고 보미 씨는 시선을 애써 무시했다. 민희는 보미 씨의 얼굴을 집에 도착할 때까지 마주 봐야 했다. 여태까지 중 가장 큰 소리로 울어젖혔다. 내가 아기라도 보일 씨와 똑같은 얼굴의 여자를 보면 무서울 것 같았다. 오르막에서 보미 씨는 한결 편해 보였다.

소연이 두려움에 잡아먹힌 얼굴로 보미 씨의 소매를 잡아당겼다. "아빠."

보미 씨가 어색하게 웃었다. 평소 잘 웃지 않는지 입가가 경련했다. 소연이 다시 아빠를 찾았다.

"아빠는 회사에 계셔, 예쁜아." 내가 소연에게 말했다. "아빠 보고 싶니?"

우리는 비닐 띠를 두른 재개발 구역을 지나쳤다. 포클레인이 구덩이 경사에 삐뚜름하게 서 있었다. 재채기라도 하면 굴러떨어질 것 같았다. 인부는 보이지 않았다. 요소수 수입이 막히면서 아파트 공사가 중단된 상태였다. 중국이 호주산 석탄 수입을 금지한 데 더해 탄소 배출을 제한하기까지 하면서 화석연료를 추출해 만드는 요소수가 한국에 수출할 수 없을 정도로 부족해졌다. 시멘트를 생산할 수 없었고, 생산한다 하더라도 운반할 수 없었다. 디젤엔진을 사용하는 중장비도 운행할 수 없었다. 이곳에 입주할 예정인 천 세대가 공사 중단의 시간만큼 현재 거처에 더 붙어 있어야 한다는 뜻이었다. 이곳만 중단되었을 리 없으니 전국의 수천수만 세대가 얼음 땡의 얼음 상태를 유지해야 한다는 뜻이었다. 은협이 이사 갈 집이 그만큼 부족해졌다는 뜻이었다.

"갈 집이 없어요. 대출도 안 된대요." 아침부터 종종거렸던 은협이 이제야 현실을 받아들였다. 루부탱을 환불하러 백화점에 갔던 일이며 중고 거래며, 모두 현실을 잊기 위한 도피행각에 지나지 않았다. "망했어요, 언니."

"보일 씨는 뭐래요?"

보미 씨가 몸을 움찔했다. 그 바람에 유모차가 덜컹

거렸다. 울다 지쳐 쉬고 있던 민희가 코에 콧물 방울을 만들며 다시금 울 준비를 했다.

"개새끼." 은협이 딸들에게 귀가 있다는 사실을 잊은 채 분통을 터뜨렸다. "그 새끼가 뭘 알겠어요. 안 그래요, 형님?"

보미 씨가 동의했다.

"개새끼." 은협이 다시 한번 욕지거리를 했다. "개같은 놈. 아니 개같은 년이라고 해야 할까요, 형님?"

나는 소연의 귀를 막았다. 시누이와 참 허물없이 지내는구나, 하는 생각이 들었다. 그것도 손위 시누이와. 개새끼, 돼지새끼, 온갖 새끼가 다 나왔다. 동물원을 꾸려도 될 만큼. 그쯤 되자 보미 씨가 남동생을 변호했다. 팔은 안으로 굽는 법이었다. "내가 듣기로는 이 년 전에 보일이가 빚내서 집 사자고 했다던데. 올케가 전세 살자고 했다면서."

"제 남편이랑 언제부터 그렇게 친하셨어요?" 뜨끔해진 은협이 논점을 흐렸다.

"태어날 때부터."

보미 씨는 남동생과 친한 게 분명했다. 부부의 연애

시절 이야기를 전부 꿰고 있었다. 시푸드 뷔페에 갔을 때의 일화도 그랬다. 먹고 싶은 해산물을 수조에서 꺼내 찜통에 넣고 시간이 지나면 익은 걸 가져다 먹는 시스템이었는데, 은협은 번번이 빈 접시인 채 테이블로 돌아왔다는 것이었다. 분명 검은 새우를 넣었는데 왜 빨간 새우가 있지…….

폭로와 비방이 난무했다. 나를 경유해서 두 사람이 티격태격하는 동안 소연이 텀블러를 들지 않은 손으로 목덜미를 긁었다. 딱지가 떨어져나가고 피가 났다. 나는 소연의 손을 잡았다. 구속하기 위해서가 아니라, 그냥 잡고 싶어서.

"이게 다 탄소 때문이에요." 내가 말했다. "진작 지구를 아꼈더라면 은협 씨가 떠돌이가 되는 일은 없었겠죠? 이제라도 나무 수저를 사야겠어요. 얼른 팔도록 하세요!"

"언니는 집 어떻게 산 거예요?" 은협이 묻고는 아차 싶었는지 입을 다물었다. 내 귀에도 따져묻는 듯 들렸다. 놀고먹는 주제에, 그런 생각을 하는지도 몰랐다. 내가 은협의 집을 뺏었다고 생각하는지도 몰랐다. 뼛속까지 프롤레타리아, 지난번 전당대회 방송을 보며 은협이 했던 말이 떠올랐다.

"산 건 아니에요." 내가 사실대로 말했다. "운이 좋았어요."

"이모 아빠 죽었어." 소연이 보미 씨에게서 이쪽으로 관심을 돌렸다. 고모에게 계속 무시당하느니 대화에 끼는 걸 택한 듯했다. 이모 아빠란, 이모부를 뜻했다. 오늘 아침 소연을 등원시키며 다른 맘에게서 배웠다. 나도 이제 어린이 언어에 대해서는 조금 알았다.

"돌아가셨다고 해야지." 은협이 딸의 말버릇을 혼냈다. 그리고 내게 말했다. "아버님께서 물려주셨나보네요. 유산, 그런 건가요?"

아버지에 대해 많이 생각하게 되는 날이었다. 그분은, 적어도, 내 기억에는 없었다. 죽었다고만 들었다. 유산은 받아본 적도 없었다. 원한 적도 없었다. "시골에 땅을 샀어요. 원래는 쓰레기가 굴러다니는 허허벌판이었는데, 어찌나 보기가 싫던지. 사람을 불러다 나무를 빽빽하게 심었죠. 그렇게 가꿔놨는데 어느 날 개발 구역으로 지정되더라고요. 팔라고 하는데 어쩌겠어요."

"나무." 은협이 우리가 만난 지 얼마 안 됐을 때를 떠올렸다. "나무 심어서 돈 벌었다고 하지 않았어요? 개발이 됐으면 나무는……."

"땅을 샀는데 허전해 보여서 나무를 심었는지 나무를 심으려고 땅을 샀는지 이제는 기억이 안 나요. 워낙 오래전 일이라서요. 토지 보상이 끝나고, 글쎄요, 나무 한 그루당 값을 매겨 보상해주더라고요. 땅보다 나무가 더 비쌌고요. 운이 좋았던 거죠. 모르겠어요. 좋았다고 하는 게 맞는 건지. 저는 책임감을 느껴요. 그 일이 없었더라면 나무는 무럭무럭 자랐겠죠? 조금이나마 탄소가 줄어서 은협 씨는 집을 잃지 않아도 되었을 테고요. 어디까지나 가정일 뿐이지만요. 이런 생각이 다 무슨 소용인가 싶기도 해요. 이러니저러니 해도 결과론에 불과할 테니까요."

"그래서 형부랑 이혼하신 거군요." 은협이 알겠다는 듯 단정했다. "왜, 뉴스에 많이 나오잖아요. 로또 당첨되고 싸우다가 갈라서는 부부 얘기요."

"이모부." 소연이 오늘 배운 단어를 기억해냈다. "이모부 죽었어. 돌아가셨어, 엄마."

은협이 진짜냐는 듯 나를 쳐다봤다. 내가 어깨를 으쓱하자 배신당한 사람처럼 입을 벌렸다. "헤어졌다고 했잖아요."

"헤어진 거죠."

은협이 궁금한 걸 이것저것 물었다. 땅이 더 있는지, 나무가 심겨 있는지. 있긴 했지만 개발될 가능성은 없었다. 적어도 당분간은. 전국적으로 공사가 중단된 터였다. 말했듯, 요소수가 부족했다. 은협이 왜 진작 자기한테 알려주지 않았느냐고 원통해했다. 우리가 만나기 전의 일이었음에도. 알았으면 자기도 샀을 거라고 했다. 언니를 조금만 일찍 만났으면 좋았을 텐데.

"차라리 언니가 부러워요." 은협이 듣기에 따라 실례가 될 수 있는 말을 했다. "저는 사기 결혼 당한 거예요. 그땐 취미생활을 하고 있었을지 누가 상상이나 했겠어요."

"사실 아까 스타벅스에서," 내가 말했다. "보미 씨가 보일 씨 애인인 줄 알았어요."

소연이 다시 한번 보미 씨에게서 아빠를 찾았다. 아빠는 곧 퇴근하고 오실 거라고 내가 소연을 달랬다. 그때까지도 나는 은협이 말하는 '취미생활'이 보일 씨의 외도를 뜻하는 줄로만 알았다.

"사기는 걸리면 친 사람 잘못," 은협이 딴전을 부리고 있는 보미 씨를 잠시 바라봤다. "안 걸리면 당한 사람 잘못이래요."

"그래요." 내가 동의했다. "은협 씨 잘못이 아니에요."

산책이 길어졌다. 집에 거의 도착할 때쯤 보미 씨가 유모차 방향을 틀어서였다. 빨간 띠와 노란 띠를 맨 남자애들이 101동으로 앞서거니 뒤서거니 달려가고 있었다. 그제야 은협은 새마을금고에서 받았던 담임의 전화를 떠올리고는 몸서리를 쳤다. 딴 데 정신이 팔려 있었다는 것에 죄책감을 느끼는 듯했다. 애들과 행복하게 살기 위해 한 일이 결과적으로 애들을 불행하게 만든 건 아닐까. 엄마가 되어서 학교에도 못 갔는데, 대출도 못 받았다. 남은 방법은 산와머니뿐이었다.

"집값이 너무 올랐어요." 은협이 원래 화제로 돌아와 내게 말했다. "우리는 이제 어디로 가야 하죠?"

"영원히 오르는 건 없어요, 은협 씨." 위로가 되지는 않겠지만 해줄 수 있는 말이 별로 없었다. "집은 십 년 전에도, 이십 년 전에도 비쌌고요. 많이도 필요 없어요.
딱 한 집만 찾으면 돼요."

"찾을 수 있을까요?"

"그럼요."

엘리베이터에서 소연이 버튼을 누르고 싶어 했다. 나
는 내 키를 빌려주었다. 소연을 안아올려 22와 23을 누
르게 했다. 은협은 그제야 딸들에게로 관심을 돌렸다.
민희를 태운 유모차가 처음 보는 물건임을 알아챘다.
나는 아까 아들들을 때렸으니, 사과의 의미로 받아달라
고 말했다. 앞으로 학교에 불려갈 일이 있을 때 사용하
라고. 사용하지 않으면 가장 좋겠지만. 은협이 내 손가
락을 살짝 잡았다가 놓았다. 고마워요, 언니. 보미 씨는
거울로 자기 얼굴을, 매혹된 듯, 들여다보고 있었다. 엘
리베이터가 22층에 도착했다. 내가 혼자 내린 다음 뒤
돌아 손을 흔들었다.

2202호에 돌아온 나는 임시 은협으로서의 삶을 이어
갔다. 일종의 관성이었다. 다이소에서 사온 나무 수저
의 포장을 벗겼다. 투명한 필름이 손가락 사이에서 파

스락댔다. 그 소리가 또렷하게 들렸다. 위층은 조용했다. 여럿이 같이 있다가 혼자 있으니, 혼자라는 게 느껴졌다. 새삼 혼자였다. 외로웠다. 나는 비닐 포장을 벗긴 나무 수저를 한지와 종이 완충제로 감싸고 지푸라기 끈으로 리본을 묶어 예쁘게 재포장했다. 택배 상자를 조립해 아랫면만 종이테이프로 고정했다. 이 비즈니스에 비닐은 코빼기도 비치지 않아야 했다. 아무리 종이테이프가 비닐에 포장되어 있었다 하더라도. 받았을 때 구매자에게만 보이지 않으면 상관없었다. 판매자의 죄책감까지 산 것일 테니까. 나는 재포장하고 남은 자투리 종잇조각을 모아 파쇄기에 넣었다.

노트북에 지난번 찍었던 나무 수저 사진을 옮겼다. 노트북 설명서와 라이카 설명서를 번갈아 읽어야 했다. 카메라는 처음 다뤄보는 것이었고, 노트북은 오래전 망치로 때려부순 뒤 처음 써보는 것이라 어려웠다. 기계들이란. 아무래도 사진사가 되기는 틀린 것 같았다. 나는 포토샵 강의를 1.5배속으로, 필요한 부분만 골라 들었다. 사진을 옅은 초록빛이 돌게 보정해 스마트스토어에 업로드했다. 오만 원에 팔 생각이었다. 혹은 천만 원에. 나무 수저가 아니라, 나무 수저의 가격을 파는 셈이었다. 계약 만기 전까지 나무 수저 백만 개를 팔아 부자가 되면 은협은 집을 구할 수 있었다. 우리 구민들이 합심하여 두 개씩만 사주면 한 가정을 위기로부터 구해줄 수 있었다. 가능했다. 불가능도 가능성의 하나로 본다면. 나는 아이디를 새로 만들어서 로그인했다. 은협의 이름으로 개설한 스토어에서 나무 수저를 샀다. 다른 사람이 원하지 않는 상품을 사고 싶은 사람은 세상에 없을 터였다.

창문으로 흘러들어오는 찌개 냄새가 저녁식사 시간이라는 걸 알려주었다. 층간 냄새. 월세 사는 사람이 아파트 베란다에서 삼겹살을 구워 먹었더니 항의가 빗발쳤다는 뉴스를 언젠가 본 적이 있었다. 냄새 때문이 아니라, 냄새를 풍긴 집이 월셋집이었기 때문에. 집주인이 아니었기 때문에. 월세 사는 자, 삼겹살도 먹지 마라. 내가 궁금한 건 이것이었다. 그 사람이 월세 산다는 걸 도대체 이웃들은 어떻게 알았을까? 이웃끼리 무심한 게 사회적 문제라고 하지 않았나. 범죄가 일어나도 살려달라고 외쳐도 나와보지 않고 신고하지 않는다고 하지 않았나. 삼겹살을 굽는 게 범죄보다 나쁜가. 이 제부터 월세 계약을 하려면 계약서에 삼겹살 굽기 가능 조항을 달아야 하는가보았다. 나는 냉장고를 열어 베레 모를 꺼냈다. 지하주차장으로 내려가 조수석에 앉아 글 러브박스에 든 초콜릿과 사탕을 먹었다. 등받이를 뒤로 젖히고 대시보드에 발을 올린 자세로 천천히 빨아먹었 다. 기분이 좋아졌다. 새벽마다 은색 SM5 운전석에 앉 아 선바이저의 거울을 들여다보곤 했던 여자는 보이지 않았다.

초콜릿 포장지를 다섯 개째 벗기고 있을 때, 핸드폰 진동이 울렸다. 하선 씨였다. '은협 언니, 뭐 해요?'

나는 하선 씨가 메시지를 잘못 보낸 줄 알았다. 내 번 호를 어떻게 알았지? 은협이 자기 번호 대신 내 번호를 알려줬나? 나는 하선 씨를 어떻게 알지? 그러다 내가 하선 씨에게 중연의 엄마, 이은협이라는 사실을 기억해 냈다. '애들이랑 밥 먹어요. 하선 씨는요?'

'애프터 만남 중이에요. 잠깐 화장실 왔어요.' 뭐라고 답신해야 할지 알 수 없었다. 잘 만나요? 잘 싸요? 고민 하고 있는데 메시지가 하나 더 왔다. '재혼하면 아이 데

려오고 싶다는데 어떡하죠?'

'데려오면 되죠.'

'남의 애를 어떻게 키워요. 지금까지 잘만 내팽개쳐 놓고 이제 와서 무슨 심보일까요?'

뭔가 앞뒤가 바뀐 것 같았다. '애를 키우고 싶어서 하선 씨랑 결혼하려는 거겠죠.'

'그게 제 직업이기 때문에요?'

'아무래도.'

답신이 오지 않았지만, 바지나 치마를 입은 상태로 변기에 앉아 고민하고 있을 하선 씨가 그려졌다. 자리를 너무 오래 비우는 게 아닌지 걱정되었다. 부성애 가득한 돌싱 의사가 미래의 신붓감에게 변비가 있다고 오해하면 곤란했다. 당장 답을 달라고, 싫으면 관두라는 식으로 얘기했겠지. 잘 보여야겠다는 노력은 하등 없었을 것이다. 아이는 보이지 않는 데서 매일 자라고, 시간은 모자라고, 매칭되기를 기다리는 여자는 줄을 섰을 테니까. 나는 메시지를 하나 더 보냈다. '일단 키운다고 해요. 키우면서 엄마가 그리워지게 만들면 되죠.'

잠시 후 메시지가 왔다. '고마워요, 은협 언니.'

나는 베레모를 썼다. 사진사는 글렀으니 역시나 탐정 쪽이 되어야겠다는 생각이 들었다. 그게 더 재밌었다. 상암에서는 얼마나 흥미진진했던가. 나는 보미 씨에 대한 추리를 시작했다. 보일 씨 애인의 구두를 왜 보미 씨가 신게 되었는지 아리송했다. 보미 씨, 남동생과 너무 닮은 나머지 가발 쓴 보일 씨처럼 보이는, 정말로 가발을 쓴 것 같은 보미 씨. 그때 주차장 입구로 어떤 남자가 나왔다. 가발을 들고 있었다. 보일 씨였다. 보일 씨가 은색 SM5 운전석에 앉아 가발을 썼다. 보미 씨였다. 새벽마다 애처롭게 거울을 보던 여자가 보미 씨였다니, 아니 보일 씨였다니. SM5에서 짧고 날카롭게 클랙슨이 울렸다.

다음날 나는 다시 베레모를 챙겨나왔다. 탐정으로서 자존심에 상처를 입었기 때문이었다. 보일 씨에게 여장 취미가 있었다는 건 상상 밖의 일이었다. 상암의 원룸에서 허탕을 친 이유가 이제야 이해되었다. 숨겨둔 애인이라는 건 애초에 존재하지 않았다. 어떻게 된 집구석인지 도통 알 수 없었다. 나는 마음을 다잡고 베레모를 눌러썼다. 지금은 승부가 아니라 사활을 걸어야 할 때라는 생각이 들었다. 누구나 살다보면 한 번쯤은 그런 순간을 맞닥뜨리게 마련이다. 죽느냐 사느냐의 갈림길에 서는 순간. 나는 탐정이었고, 나였고, 은협이 아니었다. 은협처럼 보여서는 곤란했다. 그렇게 자기암시를 한 뒤 공인중개사사무소 문에 달린 주렴을 양쪽으로 열어젖혔다.

사무소의 흰 벽에 액자 두 개가 걸려 있었다. 진한 검은색 궁서체로 각기 '정직'과 '성실'이라고 적혀 있었다. 보조원인 듯한 젊은 남자 둘이 각각의 액자 아래 나란히 앉아 일하거나 일하는 척했다. 중고차 딜러나 핸드폰 판매원처럼 몸에 딱 붙는 정장을 입고 있었다. '정직' 쪽은 곰 같은 인상이었고 '성실' 쪽은 족제비 같은 인상이었다. 모니터 화면은 보이지 않았다. 문가에 가까운, '정직' 쪽의 남자가 일어나 종이컵에 맥심 모카골드를 타 내왔다. 사무소의 막내인 모양이었다.

따로 책상이 없는 걸 보아 안쪽 구석진 곳에 놓인 소파가 중개사의 자리인 듯했다. 일은 정직 씨와 성실 씨에게 맡기고 최종적으로 도장만 찍는 역할이리라. 무릎 높이의 낮은 테이블에 보수성향의 신문이 놓여 있었다. 야당 경선에서 패한 후보가 몇 달 뒤의 대통령 선거를 놓고 이렇게 평했다. '지는 사람이 감옥에 가는 데스매치.' 헤드라인의 '사람이 감옥' 부분에 짬뽕 국물이 그릇 바닥 모양으로 찍혀 있었다. 둔기로 써도 좋을 만한 크리스털 재떨이에 담배꽁초가 수북했다. 중개사 맞은편에 앉은 나는 엉덩이가 아파 자세를 고쳤다. 장기 알 모양의 대나무를 엮어 만든 방석 때문이었다. 푹신한 소파에 이토록 딱딱한 방석이라니. 중개사의 등 뒤로 돗자리로 써도 좋을 만큼 커다란 지도가 걸려 있었다. 우리가 사는 아파트 단지가 붉은 선으로 테두리 쳐져 있었다.

"탑층을 찾으신다고요?"

"네." 나는 과장되게 한숨을 쉬었다. "층간소음은 이제 지겨워요. 위에서 어찌나 쿵쿵거리는지, 정신과 약을 먹고 있답니다."

"아시다시피," 중개사가 믹스커피를 어묵탕 국물처럼 후루룩 마셨다. "매물이 잠겼어요."

은행이 대출 총량을 초과하면서 거래가 급격히 줄었

다는 설명이었다. 임대인도 가격을 낮추는 대신 공실을 감당하기를 택한다고 했다. 배턴을 이어받을 다음 호구가 나타날 때까지 버티기에 돌입한 듯했다. 전세금 반환 대출을 받아 세입자를 내보내고 월세나 반전세로 돌리는 경우도 흔했다. 어찌됐든 연말까지는 지켜봐야 하는 분위기였다.

"예정된 물건도 없나요?"

중개사가 가죽 표지의 장부를 펼치더니 내지를 뒤쪽으로 넘겼다. "언제 이사하시려고요?"

"내년……" 잠시 생각하는 척했다. 이사는 결혼과 같아서 시기가 중요했다. 어쩌면 시기가 전부였다. "1월이나 2월쯤?"

"105동에 하나 나올 것 같네요. 북향이라 좀 그렇지만."

"서향은 없나요?" 나는 레버리지를 높였다. "추위를 많이 타거든요. 겨울은 좋아하지만요. 붕어빵도 팔고 크리스마스도 있고 전구를 달아서 나무도 반짝반짝하니까요. 추운 것만 아니면 좋을 텐데. 그렇지만 춥지 않다면 겨울이 아니겠지요. 이다음에 늙으면 따뜻한 나라에서 살고 싶어요."

나는 트위드 코트 주머니에서 ABC초콜릿을 꺼냈다. 높이가 낮은 유리 테이블을 가로질러 중개사에게 건넸고 정직 씨와 성실 씨에게도 주었다. 간식을 받은 청년들이 쭈뼛거리며 허리 굽혀 인사했다. 핼러윈데이의 착한 어린이처럼. 인간은 기본적으로 짐승이었다. 먹을 걸 주면 좋아했다. 나는 무른 소파의 딱딱한 방석에 다시 앉았다. 눈을 감고 글자를 혀에 닿게 해 입에 넣었다. V인지 S인지 헷갈렸다. 승리인지 특별함인지. 나는 소연이 아니었다. 무슨 알파벳인지 알려줄 사람이 없었다. 틀려도 맞는다고 해줄 사람이 없었다. "남편이 죽은 뒤로 추위를 많이 타게 되었어요."

"탑층은 더 추울 텐데요." 반박이라기보다는 걱정 어린 어조에 가까웠다.

"천장에 울리는 발소리보다는 추운 게 낫겠지요." 나는 눈을 내리깔았다. "추운 건 당연하지만 시끄러운 건 자연스럽지 못하니까요. 여자 혼자 사는 집일수록요."

사무소의 전화벨이 울렸다. 족제비처럼 생긴 성실 씨가 즉각 수화기를 들더니 안타까운 소식을 기계적으로 전했다. 없습니다. 씨가 말랐습니다. 작은 평수는 어떻습니까. 월세나 반전세는 어떻습니까. 없습니다. 그래도 없습니다.

중개사가 장부를 뒤적이며 괜히 뜸을 들였다. 승산이 있는지 가늠하는 듯했다. 나는 갓 데뷔한 탐정으로서 베레모를 만졌다. 마지막 관문이라는 느낌이 들었다. 마침내 중개사가 승부수를 띄웠다. "월세는 어떠세요?"

"상관없어요." 베란다에서 삼겹살을 구워 먹을 수 있다면, 하고 단서를 달자 중개사가 어이없다는 듯 웃었다. 농담이라고 생각하는 듯했다.

"그렇다면," 중개사가 운을 뗐다. 거의 다 왔다. "한 건 있긴 한데……."

"있긴 한데?"

"사정상 1월까지는 집을 보여드리기 어려워서요." 심상한, 심상하게 들리도록 애쓰는 말투였다. "구조는 똑같으니 걱정 안 하셔도 되고요."

몇 동이라고 정확히 말하지는 않았으나, 단지 내에 서향집은 101동 하나였다. 내가 모르고 있으리라 생각한 듯했다. 역시나 예상했던 대로였다. 2302호 집주인의 아들 신혼집 운운은 거짓이었다. 아들이 있을 수도 있지만, 정말로 신혼집이 필요한지도 몰랐지만, 그게 은협의 집은 아니었다.

4

11월인데 첫눈이 내렸다. 가을 다음에 여름이 올 수 없다는 걸 똑똑히 알려주려는 듯. 아파트 계약 만기가 다가오고 있었다는 뜻이다. 그리하여 2302호 집주인이 거짓말했다는 사실을 들은 의뢰인은 매우 만족할 수밖에 없었다. 신입 탐정은 순식간에 명탐정으로 승격되었다. 신이 아직 은협을 버리지 않은 듯했다. 하늘에서 떨어진 천사가 바로 아래층에서 날개를 쉬고 있었다. 지난날 자신이 말했듯 사기는 걸리면 친 사람 잘못, 안 걸리면 당한 사람 잘못이었다. 하마터면 당하는 잘못을 저지를 뻔했지만, 은협은 간담이 서늘했다. 결과적으로 잘못은 집주인이 저지른 게 되었다. 명백히 범법행위였다. 은협은 나쁜 인간, 파렴치한 인간이라고 집주인을 저주했지만 쫓겨나지 않아도 된다는 기쁨이 분노를 압도했다. 승기를 쥔 셈이었다.

십 분 전, 어떤 정신 나간 사람이 오만 원짜리 나무 수저를 샀는지 확인하던 은협은 눈에 익은 주소를 알아보았다. 나무 수저 열 세트를 가지러 계단을 한 층 내려왔고, 그 자리에서 배송을 완료했다. 그리고 뜻밖의 사실을 전해들었다. 집주인이 은협 몰래 새로운 세입자를 구하고 있었다는 것. 은협은 널브러진 박스들을 발로 밀치고 걸어와 나를 번쩍 안아들었다. 집을 뺏은 사람이 집을 돌려줬으니, 사리에 맞는 일이라고 여겼는지도 모르지만.

"살았어요!" 은협이 치하의 말을 했다. "이게 다 언니 덕분이에요. 어떻게 알아낸 거예요?"

"사기꾼을 이해하려면 사기꾼이 되어야 하죠." 나는 머리를, 투명한 베레모를 만졌다. "나머지는 영업비밀이에요."

보일 씨는 출근했고 대연과 중연은 학교에 갔고 소연은 유치원에 갔고 민희는 자연스럽게 내가 넘겨받았다. 검지를 내밀자 민희가 모든 손가락을 동원해 움켜잡았다. 나는 주먹이 매달린 검지를 살랑살랑 흔들었다. 핫도그 놀이였다. 내 검지는 나무 막대, 민희의 주먹은 핫도그 빵. 민희가 뽀얗고 조그만 아랫니 두 개를 보이며 웃었다. 이를 만져보고 싶었는데 손이 부족했다. 한 손은 아기 엉덩이를 받쳤고 한 손은 핫도그가 되어 만질 수 없었다. 은협은 버터색 스웨이드 소파에 큰대자로 누워 아이들로부터 해방되었다. 내가 민희를 예뻐할 수 있는 건 내 애가 아니기 때문이었다. 아기는 잠깐 볼 때 가장 예뻤다.

은협이 모로 누워 나를 바라봤다. "집에서 밥도 안 먹으면서 나무 수저는 왜 열 세트나 필요해요?"

"대가족을 이루려고요. 폐경 전까지 노력하면 가능하지 않을까요?"

은협이 바람 빠지는 소리를 내며 웃었다. 왜 다들 내 말을 농담으로 받아들이는지 알 수 없었다. 나는 나무 수저 사업을 가져가달라고 부탁했다. 원래 은협의 일이었으니까. 기반은 다져났으니 이제 팔기만 하면 되었다.

"고마워요, 언니." 은협이 소파에서 일어나 앉았다. "유모차도, 수저도, 집도. 다 고마워요. 어떻게 보답해야 할지 모르겠어요."

"고맙기는요. 제 기쁨이랍니다." 내가 아기 주먹 핫도그를 흔들며 말했다. "정 고마우면 나중에 새콤달콤이나 하나 사주세요."

은협이 그게 무슨, 하고 웃어넘겼다. 지난번 상암에서와 마찬가지로 실없는 소리로 여기는 듯했다. 그토록 기다렸건만. 이번 생에 새콤달콤을 선물받기는 틀린 모양이었다.

"보미 씨랑은 즐거운 시간 보내셨나요?"

은협이 네, 뭐, 하고 말끝을 흐렸다. 거짓말인 것도 거짓말이 아닌 것도 아니었다. 네, 뭐. 나는 은협이 둘 중 하나를 택해주길 바랐다. 거짓말이어도 좋으니 어느 한쪽에 확실히 베팅해주길 바랐다. 승부에는 중간이 없다는 걸 알길 바랐다. 두 우주에 살 수 없다는 걸 알길 바랐다. 자연법칙 앞에 겸손해지기를 바랐다. 이기거나, 지거나. 이기면서 지길 원하는 건 욕심이었다. 교만이었다.

"집주인이 거짓말한 게 확실하면," 은협이 화제를 돌렸다. "계약 갱신할 수 있는 거겠죠?"

"아마도요. 그런데 방심하긴 일러요. 집주인이 순순히 인정하면 다행이겠지만, 이건 최악의 경우인데, 발뺌할 수도 있어요. 나는 집 내놓은 적 없다, 하고요. 미안해요. 새콤달콤을 너무 일찍 달라고 했네요."

"집 내놨잖아요!"

"그게 좀 어려워요. 중개사가 옛날 사람이라 매물을 장부에 관리하더라고요." 나는 보조원들만 사용하는 컴퓨터와 중개사의 대나무 방석 얘기를 했다. "다른 업체랑 나눠 먹지 않으려고 그러는지도 모르겠지만. 보통은 부동산들끼리 매물을 공유해서 한쪽 물건을 다른 쪽에서 팔아주면 수수료를 반씩 나눠 가지잖아요. 그도 그렇고, 은협 씨네 집주인이 불법한 물건을 맡겨서 공유 못했을 가능성이 커요. 공유가 안 되었다는 건, 역으로, 불법이라는 걸 자백하는 셈이고요. 어쨌거나 중요한 건 공개된 자료가 없다는 거죠."

"증거가 없다는 거네요."

"그렇죠. 증거가 없는 상태에서 권리를 주장하려면, 첫째로 집주인한테 아들이 없다는 걸 증명해야 하고, 둘째로 아들이 있다면 결혼하지 않는다는 걸 증명해야 하고, 셋째로 아들이 있고 결혼을 한다면 신혼집이 여기가 아니라는 걸 증명해야 해요." 내가 핫도그, 중지, 약지 순으로 손가락을 꼽으며 말했다. 민희가 또다시 아랫니를 만지고 싶게 했다.

"그걸 왜 제가 해야 하죠?"

"집주인은 하지 않을 테니까요." 너무 당연한 얘기라 내 입으로 말하고도 하품이 나왔다. "공권력은 기대하지 않는 게 좋아요. 조사해주지 않을뿐더러 해준다고 해도 그동안 만기가 지날 테니까요. 기적적으로 증거를 잡으면, 글쎄요, 집주인 본인이 실거주하거나 공실로 몇 달 비운 다음 다른 사람한테 세를 줄 수도 있겠네요. 어디까지나 가정일 뿐이지만."

"안 나가고 버티면 어떻게 되는데요?"

"명도 소송을 걸겠죠. 그리고," 나는 벽에 붙은 달력을 봤다. "만기가 지나겠죠. 불법은 은협 씨가 저지른 게 될 테고요."

집주인이 거짓말을 인정하고 자발적으로 계약 갱신에 응해주기를 기도하는 수밖에 없었다. 은협이 하루빨리 전화를 걸어야 한다는 뜻이기도 했다. 만기가 다가오고 있었다. 시간에는 귀가 없으므로 아무리 기구한 사연을 들려준다 한들 정직하고 성실하게 흐를 터였다. 그러나 은협은 전화 걸기를 두려워했다. 전화를 하든 말든 결과는 예비되어 있었음에도. 지난번 학습의 결과였다. 개별난방 건으로 집주인에게 전화하는 바람에 집에서 쫓겨나게 되지 않았는가. 이번에도 마찬가지 아닐까. 만약 집주인이 세를 놓은 적 없다고 오리발 내밀면 어떻게 한단 말인가. 확실한 절망보다는 불확실한 희망이 낫지 않나. 그리하여 은협이 내게 다시 한번 임시 은협이 되어주기를 요청한 것도 이상한 일은 아니었다. 언젠가 중연에게 말했듯 물꼬가 트인 상태였으므로 나는 받아들일 수밖에 없었다. 내가 당장 핸드폰을 달라고 하자 은협은 거부했다. 번호를 줄 테니 자기가 없는 자리에서 전화하라고 했다. 그리고 기쁜 소식이어도 슬픈 소식이어도 자기에게 알리지 말아달라고 부탁했다. 절 좀 내버려둬요, 은협이 임시 은협에게 간청했다.

우리가 예비된 미래를 놓고 괜히 걱정하고 있는 사이, 소연은 유치원 해바라기반의 나무 선반을 노려보고 있었다. 나무 선반은 아니었고, 나무 모양 시트지를 붙인 합판 선반이었다. 지우개 백 조각이 담긴 요거트 통이 일렬로 놓여 있었다. 원생들의 이름이 각기 붙어 있었다. 얼마 전 해바라기반 어린이들은 요거트를 간식으로 먹은 다음 선생이 시키는 대로 통을 씻어 말렸다. 원통 모양의 가느다란 지우개를 잘라 1부터 100까지 세어 통에 채웠다. 플라스틱 쓰레기를 교구로 재활용해 환경을 보호하고 비용도 절감하고 숫자도 가르치자는 아이디어였지만 선생의 교육법은 뜻밖의 효과를 자아냈다. 한 아이가 친구의 요거트 통에서 지우개 한 조각을 훔쳐 자기 통에 넣었던 것이다. 혹시 누군가 자기 몫을 훔치지 않았나 하는 걱정 때문이었다. 그 모습을 발견한 다른 아이가 똑같이 했다. 그 모습을 발견한 다른 아이도 똑같이 했다. 작업은 선생이 한눈판 사이 은밀히 진행되었다. 지우개의 수심이 미미하게 오르락내리락했다. 누구는 99개, 누구는 101개를 가졌겠으나 확인은 되지 않았다. 재활용 교구가 딱 한 번만 사용되어서였다. 해바라기반 아이들은 언제 올지 모르는 산수 시간에 대비해 숨 막히는 도둑질을 이어갔다. 만약 산수 시간에 지우개가 모자라거나 남으면 큰 창피를 당할 터였다. 100까지 세지도 못하는 바보 멍청이가 될 수도 있었다. 소연은 눈을 가늘게 뜨고 '김소연' 통의 지우개 개수를 가늠했다. 다른 친구들 것보다 높이가 낮은 것 같았다. '최우람' 통에서 지우개 한 조각을 훔쳐 자기 통에 넣었다. 이번에는 너무 높아진 것 같았다. 다시 덜었다. 소연은 해바라기반 선생님을 증오했다.

선생은 은협이 당부한 대로 연고를 발라주기 위해 김소연 어린이를 찾았다. 긁는 모습을 한 번도 못 봤는데 왜 그렇게 유난인지 알 수 없었다. 몸 여기저기 긁은 자국이 선명했기에 마냥 탓할 수만도 없었다. 집에서만 도지는 알레르기인지도 몰랐다. 관심을 요구하기 위한 방법인지도 몰랐다. 원아수첩의 '부모님께' 란에 그 가능성에 대해 적어 보냈지만 답변은 없었다. 자해의 일종으로 보입니다,라고 적으려다 참았다. 직장에서 잘릴 수도 있었다. 부모들은 진실을 마주하는 걸 두려워했다. 선생은 이 유치원을 졸업한 대연과 중연을 기억했다. 연년생이었고 생김새도 비슷했지만 성격은 천지 차이였다. 중연을 가르칠 때 더 힘들었다. 대연이 안 힘들었다는 뜻은 아니었다. 극성맞은 동시에 무심한 엄마와 악마 같거나 덜 악마 같은 오빠들과 갑자기 생겨난 동생 사이에서 소연이 자기 몸을 피가 날 정도로 긁어대는 것도 뜻밖이거나 이상한 일은 아니었다. 셋째 아이는 아파트 청약 가점을 위해 이 세상에 태어나곤 했다. 모든 셋째 아이가 청약 키즈는 아니었지만 모든 청약 키즈는 셋째 아이였다. 선생은 소연의 유치원 가방 앞주머니에서 리도멕스 연고를 꺼낸 뒤 산수 교구가 늘어선 선반 쪽으로 향했다.

소연은 자기를 부르는 선생님의 목소리에 화들짝 놀랐다. 손에 쥐고 있던 최우람의 지우개 조각을 입안에 넣고 꿀떡 삼켰다. 조각이 목구멍에 걸려 뭐 하느냐는 물음에 대답할 수 없었다. 거짓말할 수가 없었다. 선생이 연고를 발라주는 동안 소연은 침을 여러 번 삼켜 지우개를 식도에서 위장으로 흘려보냈다. 곧 산수 시간이니 자리에 앉으라는 선생의 외침에 해바라기반 아이들은 긴장했다. 불행히도 각자의 요거트 통의 지우개를 꺼내며 100까지 세는 대신 시계 보는 방법을 배웠다. 도둑질을 계속해야 한다는 뜻이었다.

원아들은 낮잠을 잤다. 자고 일어나면 간식 시간이었다. 하우스 농사를 짓는 최우람의 아버지가 수박 한 통을 보내왔다. 수박 반 통을 원장과 선생들끼리 나눠 먹었고, 나머지 반 통은 해바라기반 아이들을 포함한 원생 전원이 나눠 먹었다. 종이에 대면 글씨가 비칠 정도로 얇게 저며 한 쪽씩 배분했다. 모두 배고팠다. 한 아이가 수박을 흰 부분까지 갉아 먹었다. 원장이 음식을 소중히 하는 아이를 칭찬하며 수박 한 조각을 더 주었다. 그러자 다들 쥐새끼처럼 흰 부분을 앞니로 갉았다. 칭찬은 들었지만 포상은 없었다. 포상은 최초에만 유효했다. 소연은 이 거지 소굴을 저주했다. 빨리 초등학교에 가고 싶었다. 몇 달만 참으면 해방이었다.

반일반 아이들의 하원을 준비하며 선생은 원아수첩에 특이사항을 적기 시작했다. 소연의 수첩에 아이가 지우개를 삼켰으나 큰 문제는 없었다고 적었다. 이런 건 집에서 알기 전에 미리 고백하는 게 나았다. 알리지 않았다가 들켜서 실직당한 선배가 조언한바 괘씸죄가 더 무서운 법이었다. 유치원에서는 몸을 긁지 않는다고도, 전날이나 전전날과 마찬가지로 적었다. 우리는 잘하고 있고, 잘못한 건 당신이라는 의미였지만 최대한 부드러운 문장으로, 다행이라는 식으로 적었다. 선생은 혹시나 답변이 있었는지 확인하기 위해 수첩을 앞으로 몇 장 넘겼다. 웬일로 '선생님께' 란에 코멘트가 달려 있었다. 일곱 살짜리가 쓴 것처럼 글씨가 개발새발이었다. '약이나 잘 발라주세요. 이모 올림.'

은협은 외동딸이었다. 김장을, 시댁과 친정에서, 두 번 해야 한다는 뜻이었다. 시댁에서는 며느리였고, 친정에는 며느리가 없었다. 상견례 때 시어머니는 은협에게 찾아가거나 귀찮게 하지 않겠다는 약조를, 요구한 적 없었음에도, 했었다. 신혼집도 마련해주지 못하는데 며느리 노릇을 바라는 건 욕심임을 안다고 했다. 실제로 시어머니는 본인이 했던 말을 지켰다. 혼자, 직접, 비밀리에 담근 김장김치를 택배로 보내왔다. 보일 씨가 사먹으면 된다고 만류했음에도 그랬다. 시어머니는 아들에게 서운함을 드러냈다. 그래도 전라도 김치 맛 좀 보여줘야지. 와서 김장하라고 한 것도 아닌데 뭐가 부담돼. 걔가 그러디? 은협이 전해듣기로 그들이 결혼하기 전에 시어머니는 김장을 한 적이 없었다. 대기업에서 만든 게 더 맛있다는 것이었다.

은협은 딸이자 며느리였으며 공식적으로는 몸이 하나였다. 주말에는 보일 씨 차로 다 같이 시댁에 내려가고, 이틀 전인 목요일에는 은협 혼자 지하철을 타고 경기도에 있는 친정에 갈 예정이었다. 친정에서 김장하고, 돌아와 하루 몸살을 앓고, 시댁에서 김장하고, 하루 자고 올라오는 일정이었다. 시댁은 그렇다 쳐도 친정에 애들을 주렁주렁 매달고 다녀오기는 버거웠다. 말인즉 목요일에 나는 소연과 민희를 돌봐야 했다. 아들들은 장가가도 될 나이니 돌봐주지 않아도 된다고 은협이 은혜를 베풀듯 말했다.

우리는 나무 수저 열 세트의 배송지에서 나와 소연을 마중하러 아파트 정문으로 향하는 중이었다. 노란색 봉고차에서 내린 소연이 누구에게 달려올지 내기를 걸었다. 지는 사람이 딱밤 맞기. 내가 유모차를 밀었다. 소연을 유인하기 위해서는 아니었고, 그편이 자연스러웠기 때문이었다. 실버크로스가 아니라 원래 은협이 가지고 있던 헌 유모차였다. 두 오빠가 탔고 언니가 탔던 유모차에 이제는 민희가 타고 있었다. 소연이 걷게 된 다음 유모차를 팔거나 버렸더라면, 다용도실에 처박아두지 않았더라면, 민희는 태어나지 않았을지도 모른다. 보일 씨에게 기어이 루부탱을 신겨야 직성이 풀리는 은협이라면 유모차의 쓸모를 위해 아기를 만드는 것도 불가능하지는 않았다.

옆에서 은협이 돌아오는 목요일이라고 디데이를 일러주었다. 그날 집주인에게 전화를 걸어달라고. 비장한 어조였다. 나는 목요일에 전화하겠다고, 결과는 나만 알고 있겠다고 은협을 안심시켰다. 그리고 처음으로 거절이라는 걸 했다. 그날 애들을 돌보는 건 일정상 불가능했다. 어쩔 수 없었다.

"왜요?" 은협이 하도 득달같이 묻기에 나는 깜짝 놀랐다.

"수능 봐야 해요." 내가 사실대로 털어놓았다. "서울대 가는 게 꿈이거든요."

은협은 믿지 않는 눈치였다. 집에 펜 한 자루 없던데,

이런 생각을 하는지도 몰랐다. 그건 사실이 아니었다. 원아수첩의 '선생님께' 란에 메모를 적으려고 최근에 한 자루 샀기 때문이었다. 물론 나는 공부하지 않았다. 공부하지 않아야 했다. 찍어서 만점 받는 게 목표였으므로. 도전해볼 가치가 있었다. 나는 이기고 싶었다. 또한 공부하지 않고 만점을 받아야 그 승리는 의미가 있었다. 국어 45문제, 수학 30문제, 영어 45문제, 한국사 및 탐구 60문제, 제2외국어 30문제. 각 문제당 정답일 확률은 5분의 1, 그렇게 210문항만 맞히면 만점이었다. 몇 퍼센트의 확률인지는 나도 모른다. 수학을 공부하지 않았기 때문이다. 다만, 아무리 희박한 확률이어도 0이 아니라는 건 알았다. 영생을 누린다면 언젠가는 가능하지 않을까. 언젠가 가능하다면, 그게 지금이 아닐 이유 또한 없었다. 내가 서울대에 가는지 못 가는지, 끝까지 다 살아보면 알게 되리라.

"부럽네요." 은협이 약간 악의적으로 말했다. "저는 김장하러 가야 하는데."

"은협 씨가 김장해야 하는 거랑 내가 수능 보는 건 아무런 관련이 없어요. 내가 수능을 보지 않는다 해서 은협 씨가 김장을 하지 않아도 되는 건 아니라는 뜻이죠."

그런 의미가 아니었다고 은협이 서둘러 사과했다. 나도 목요일에 애들을 돌봐주지 못해서 미안하다고 사과했다. 수능 날짜를 바꿔줄 수 있는지 교육과정평가원에 전화해서 물어봐야겠다고. 앞은 진심이었고, 뒤는 농담이었는데 은협은 둘 다 비아냥으로 받아들이는 듯했다. 나는 딸이자 며느리였으며 이제는 며느리가 아니었다. 그렇지만 내 몸도, 은협과 마찬가지로, 하나였다.

"저기……" 은협이 머뭇거리며 말했다. "형부는 왜 돌아가셨어요? 많이 편찮으셨나봐요."

"동대표 아주머니가 아무한테도 말하지 말랬는데."

"그분이 왜요?" 은협이 주위를 두리번거렸다. 동대표를 찾는 듯했다. "그분이 무슨 상관인데요?"

"집값 떨어진다고요." 나는 정문 앞에 유모차를 주차한 뒤 커버를 내렸다. 민희가 듣지 않기를 바랐다. 내가 까꿍, 하고 웃자 민희가 커버의 더러운 창 너머로 아랫니를 보여줬다. 손은 자유로웠으나 창으로 가로막혀 만질 수 없었다. 나는 뒤돌아 은협을 바라봤다. "스스로 목숨을 끊었어요."

"네?"

"작년 이맘때쯤이었네요. 늦가을에서 초겨울로 넘어가는 때였으니까. 밤에 새콤달콤이 너무 먹고 싶더라고요. 사다달라고 했죠. 편의점 좀 다녀오라고. 알겠다고 고분고분 나가더라고요. 다녀올게, 하고 나가더니 안 왔어요. 추운데 왜 외투를 안 입고 나가지? 생각했던 것 같아요. 아니, 이건 나중에 떠올린 생각이네요. 이상한 점은 없었느냐고 경찰이 물어봤을 때. 이상한 점은 없었어요. 그냥 다녀올게, 하고 슬리퍼 신고 나간 게 다였어요. 지하주차장에 세워둔 차 안에서 번개탄을 피웠다더군요."

너무 솔직했는가보았다. 은협의 얼굴이 끔찍하게 일그러졌다. 동대표 아주머니의 말을 들을걸 그랬다.

"미안해요, 언니." 은협이 말했다. "몰랐어요. 알았으면 부럽다고 안 했을 거예요. 창피해서 죽고 싶어요. 아, 아니. 이 말도 미안해요. 미안해요."

나는 은협을 위로했다.

"사실 처음에는 언니가 형부 외도로 이혼한 줄 알았어요. 그게 아니면 상암에서 그렇게까지 도와줄 이유가 없잖아요. 헤어졌다고 하기에⋯⋯."

　나는 은협이 생각보다 지각 있는 사람이라는 데 놀랐다. 내가 돕는 이유를 헤아리지 않는 것에 지금껏 의아했던 터였다. 은협은 도움을 당연하게 받아들이는 듯 보였다. 프롤레타리아의 기본값인가 싶었다. 혹은 삶의 신산 때문인가 싶었다. "도와준 거 아니에요. 은협 씨가 나를 도와준 거예요."

　은협은 부정했지만 한편으로는 수긍하는 듯했다. 나를 뺏고 내 시간을 뺏은 게 결과적으로 내게 도움이 되었으리라고 여기는 듯했다. 임시 은협으로서의 삶이 나라는 괴로움으로부터 나를 도피시켰으리라고. 얼마간 사실이기도 했다.

　"제가 경찰한테 물어본 건 이거였어요." 내가 나로, 그날의 나로 돌아가 마주 앉은 경찰에게 물었다. "새콤달콤이 있었나요?"

　은협이 민희가 그랬던 것처럼 내 검지를 손바닥으로 감쌌다. 대왕 핫도그. 두 번째 손가락에 느껴지는 답답함이 나를 지금, 여기, 나로 돌아오게 했다. "그게 왜 궁금했던 걸까요? 그게 왜 궁금했는지 지금까지도 궁금해요. 저는 그걸 왜 궁금해했을까요? 새콤달콤이 있었는지 없었는지를 도대체 왜 궁금해했을까요?"

그날 나는 경찰이 내 질문을 농담으로 여기기를 바랐다. 이 상황에 웬 헛소리냐고 화내기를 바랐다. 내 질문에 답하지 않기를 바랐다. 영원히 모르도록 놔두기를 바랐다. 새콤달콤이 있었으면 나는 살아갈 수 없었다. 없었어도 살아갈 수 없었다. 새콤달콤이 있는 우주, 새콤달콤이 없는 우주. 우주가 분기해도 결과는 같을 터였다. 경찰은 귀찮은 기색 없이 사진 파일을 뒤적였다. 차 안에서 새콤달콤이 발견되었는지 아닌지를 내게 알려주었다. 나는 들었고, 한쪽 우주로 갈라져나왔고, 살아남았다. 그렇다고 한다면 이 우주는 어떻게 된 우주인가?

노란색 봉고차에서 내린 소연이 이쪽으로 쪼르르 달려왔다. 나는 유모차 손잡이를 움켜쥐었다. 소연은 은협이나 내가 아니라 민희에게 당도했다. 유치원에서 있었던 일을 들려주기 위해서였다. 지우개를 삼킨 일이며 모두가 수박을 껍질까지 갉아 먹어도 자기는 그러지 않았다는 얘기를 무용담처럼 늘어놨다. 아직 말을 모르는 민희가 소연의 얘기를 한 귀로 듣고 한 귀로 흘렸다. 말하는 사람도 듣는 사람도 기억 못할 얘기를 내가 들었다. 나는 훗날 나만 기억하게 될 이야기가 이 아이들에게 어떤 의미일지 헤아려보았다. 내기에서 진 은협이 딱밤을 맞기 위해 이마를 준비했다. 앞머리를 넘기고 겁먹은 듯 눈을 감았다. 속눈썹이 파르르 떨렸다. 나는 손끝으로 이마를 살짝 짚었다 뗐다. 내가 아니라 민희가 이겼다고. 이마가 미지근했다.

목요일 아침 나는 산책하듯 고사장에 걸어갔다. 셔츠와 면바지와 꽈배기 니트 조끼에 고전적인 카멜색 더플코트 차림이었다. 펜은 소연 덕분에 하나 생겼지만 챙기지 않았고 컴퓨터 사인펜은 교문 앞에서 샀다. 실격처리되면 곤란하니 핸드폰도 두고 왔다. 집에서 십 분 거리에 있는 여자고등학교였다. 아직 해가 뜨지 않아 캄캄했다. 날씨는 수능 날답지 않게 온화한 편이었다. 공기가 뿌옇는데 미세먼지인지 안개인지 알 수 없었다. 이 시간에 일어나본 적이 없었다. 열아홉 살 언저리의 수험생들이 가족의 응원을 받고는 도시락통을 달랑거리며 교문을 통과했다. 사인펜 값을 치르고 거스름돈을 챙긴 나는 점점 가까워지는, 낯익은 유모차 두 대를 발견했다. 은협이 실버크로스에 민희를 태운 채 이쪽으로 달려오고 있었다. 헌 유모차는 자율주행하듯 홀로 뒤따라오는 중이었다.

교문 앞까지 다다른 은협이 숨을 골랐다. 아까 집에 찾아갔는데 응답이 없어서 주변 학교를 다 뒤졌다고 했다. 전화도 안 받고요. 하도 다급하게 말하기에 나는 아파트에 불이라도 난 줄 알았다. 어리둥절한 채로 서 있는데 헌 유모차가 스스로 도착했다. 자세히 보니 유모차 손잡이에 짧고 통통한 손가락 열 개가 꽉 붙어 있다. 키 작은 소연이 만세 자세로 유모차를 민 것이었다.

"여긴 어쩐 일로……."

"지하철 타러 가는 길이었어요." 은협이 헌 유모차를 가리켰다. "여기다 김치 실어오려고요. 친정 가기 전에 인사하러 왔어요."

"아, 김장하러 간댔죠. 잘하고 와요."

"언니도 시험 잘 봐요."

소연이 헌 유모차에서 자기 머리통만 한 보온 도시

락을 꺼냈다. 가는 길에 요기하려나보다 싶었는데 내게
내밀었다. 은협이 빈손 상태인 나를 보더니 그럴 줄 알
았다는 듯 혀를 찼다. "밥을 먹어야 만점도 받고 서울대
도 가죠."

"아, 고마워요." 나는 도시락을 받았다. 묵직했다. "고
마워요."

나는 교문을 통과한 다음 뒤돌아 손을 흔들었다. 은
협과 소연이 웃으며 손을 마주 흔들었다. 민희는 실버
크로스 안에서 딸랑이를 흔들었다. 열 발짝 걷고 다시
한번 뒤돌았을 때도 셋은 손을 흔들고 있었다. 고사장
건물에 들어가기 전 마지막으로 뒤돌았을 때도 마찬가
지였다.

시험이 어려운지 쉬운지 알 수 없었다. 풀지 않았기
때문이다. 나는 매 문제마다 신중하게 답을 찍었다. 대
충 찍으면 답을 맞혀도 의미가 없었다. 후회나 부끄러
움이 남지 않도록 최선을 다했다. 국어 과목이 끝나고
몇몇이 퇴실했다. 그들이 자살하지 않기를 바랐다. 수
학 시간에는 엎드려 자는 사람이 많았다. 나는 종료

1초 전까지 답안지에 마킹했다. 점심시간에는 은협이 싸준 도시락을 먹었다. 흰밥, 돈가스, 계란말이, 샤인머스캣이 층층이 담겨 있었다. 온기 때문에 전체적으로 축축했다. 계란말이에 케첩으로 하트가 그려져 있었다. 찌그러졌어도 하트였다. 소연이 그렸거나, 유모차 안에서 흔들렸으리라. 물론 둘 다일 수도 있었다. 사진을 찍고 싶었는데 핸드폰이 없었다. 먹지 않고 집에 가져가 라이카로 찍고 싶었다. 설령 밥을 안 먹어서 만점을 받지 못한다 하더라도. 도시락을 못 싸온 학생을 발견하지 않았더라면 그대로 가져갔을지도 모른다. 우리는 밥을 나눠 먹으며 시험의 난이도나 지원하려는 대학 얘기를 나누었다. 처음에 학생은 나이 때문에 나를 무시하는 듯했는데 서울대에 갈 생각이라고 하니 태도가 달라졌다. 수학 시간에 헷갈렸던 문항에 대해 물어오기에 내가 답을 말했다. 찍었다고는 하지 않았다. 학생은 나와 같은 답을 적었다는 데 안도했다.

오후에는 배가 불러 나른하고 졸렸다. 일찍 일어난 탓이기도 했다. 나는 집중력을 끌어모았다. 정답일 확률은 5분의 1이었다. 한 문제는 다른 문제와 관련이 없으므로 매 순간 그렇게만 하면 되었다. 서울대에 가거나 못 가거나, 2분의 1일 수도 있었다. 내가 절반의 확률을 위해 사투를 벌이고 있는 동안 은협은 절인 배추에 양념을 하고 있었다. 달아빠진 김치가 만들어지고 있었다. 아버지가 양념장에 설탕을 붓다가 봉지를 놓쳐 쏟았기 때문이었다. 경비 일을 하는 아버지의 비번에 맞춰 김장 날을 정했는데 오히려 방해만 되었다. 하여간 속 터져, 어머니가 말했고 은협은 동의했다. 경기도의 지어진 지 30년 된 빌라에서 그들은 김장이라는 명목하에 아버지를 신나게 비난했다. 집은 어떻게 됐느냐고 어머니가 물었다. 은협은 오늘이 대망의 날이라고 말했다. 아래층 사는 언니가 수능을 보고 나오면 집주인에게 전화를 걸 거라고. 어머니는 선뜻 이해하지 못했다. 수능은 뭐며 아래층 언니는 또 뭐란 말인가. 그런게 있다고 은협이 뭉뚱그렸다. 보일 씨의 취미생활을 빼놓고 설명하기란 어려웠다. 어머니는 본인의 말버릇대로 하여간 속 터져, 하고 일축했다. 그러고는 늘 그래왔듯 주유소 일화를 소환했다. 늘 그래왔듯, 신세 한탄이 이어졌다. 그때가 좋았는데. 수육 냄비에서 탁한 물이 흘러넘쳤다. 돼지고기에 젓가락을 찔러넣던 아버지는 문득 이 해묵은 오해를 바로잡아야 할 필요성을 느꼈다. 직영점이었던 주유소는 본사 직원 접대에 소홀했던 탓에 계약 연장을 못했을 따름이었다. 주유소를 접은 뒤 사업한다느니 어쩐다느니 하며 은마아파트를 팔아치운 건 어머니라고 했다. 그게 결정적이었다. 부모님은 가계 몰락의 책임을 두고 옥신각신했다. 은협은 별안간 사는 게 지겨워졌다. 수능이나 봤으면 싶었다.

오후 여섯 시에 나는 시험을 마치고 퇴실했다. 자녀를 데리러 온 부모들로 교문 앞이 바글거렸다. 자동차 헤드라이트 때문에 눈이 부셨다. 몇몇 수험생이 엄마 아빠 품에 안겨 울었다. 잘했어, 고생했어. 등을 팡팡 두들겨 패딩점퍼에서 오리털이 날렸다. 대부분은 홀가분한 표정이었다. 나는 가벼워진 도시락통을 흔들며 나왔다. 시험지는 손에서 떠났고 이제 와 할 수 있는 일은 없었다. 담벼락에 초등학생 남자애 둘이 서성대고 있었다. 내가 아는 애들이었다. 하얀 도복에 침낭 같은 롱패딩을 입고 담벼락을 발로 걷어차고 있었다. 아직 친정에서 출발하지 않은 은협이 집에 전화를 걸어 아들들을 보낸 것이었다. 우리는 함께 아파트로 향했다. 시험은 어려웠느냐고 대연이 물었다. 어찌나 자상하게 물었던지 나는 대연의 딸이 되어 안겨 울고 싶었다. 잘했다는, 고생했다는 얘기를 듣고 싶었다. 내가 대답이 없자 중연이 대학교 시험인데 당연히 어렵지, 하고 받아쳤다. 약 십 년 후 두 아이가 치르게 될 시험이었고, 아직은 먼일이었다. 훗날 내가 교문까지 마중 나올 수 있을지 궁금했다. 서울대에 합격하지 못한다면 같이 시험을 치를지도 몰랐다. 누구는 문제를 풀 것이고, 누구는 찍을 것이다. 누구든 찌그러진 하트가 그려진 계란말이를 먹을 것이다.

대연이 짝꿍인 세정에게 고백한 얘기를 들려주었다. 오직 세정에게 보여주기 위해 동생의 복수를 대신 했건만 대연을 피한다고 했다. 세정은 평화주의자였다. 한편 중연은 형을 향한 적대감을 공유하며 코가 부러진 영범과 절친이 된 모양이었다. 담임인 하선 씨가 평소와 달리 자신에게 잘해줘서 이상하고 불안하다고 했다. 의사 선생님과 결혼한다는 소문이 돈다고 했다. 학교 얘기를 듣다보니 어느새 아파트 단지에 도착해 있었다. 나는 아이들과 함께 들어가려다 지하주차장 입구에서 걸어나오는 보미 씨를 발견했다. 양치기처럼 애들을 한쪽으로 몰아 보미 씨를 보지 못하도록 했다. 왜요, 왜 그래요, 하고 아우성치는 두 아들을 엘리베이터에 가둬 올려보낸 뒤 나는 지하주차장 입구로 달려가 보미 씨의 허우적거리는 팔에 어깨를 가져다댔다.

보일 씨는 수능 날 교통 혼잡을 최소화하라는 지침에 따라 열 시에 출근해 다섯 시에 퇴근했다. 상암의 비밀 옷장, 드레스 하우스에 가려다 은협의 닦달에 방을 뺐다는 사실이 떠올랐다. 집에 와보니 아무도 없었다. 은협은 딸들을 데리고 친정에 갔고 아들들은 어디 갔는지 보이지 않았다. 보일 씨는 지하주차장에 세워둔 차 안에서 옷을 갈아입고 가발을 쓰고 루부탱을 신었다. 내게 전화했지만 받지 않았다.

"수능 보느라 못 받았어요." 내가 사정을 설명했다. "그런데 저한테 전화는 왜……. 제 번호는 어떻게 아셨어요?"

"동생한테 물어봤어요." 보미 씨가 말했다. 편도선 수

술을 받고 한 달쯤 지난 듯한 목소리였다.

"보일 씨는 제 번호를 모르는데요."

"참, 그렇죠." 보미 씨가 기계처럼 하하하, 하고 웃었다. 울대뼈가 오르락내리락했다. 오늘은 그 모습이 이상해 보였다. 자연스럽지 않아 보였다. "올케한테 물어봤어요."

"아무튼 우연히라도 만나서 다행이네요. 은협 씨는 김장하러 친정 갔어요. 보일 씨는," 내가 손목시계를 봤다. "지금쯤 퇴근했겠네요."

동생네 부부를 만나러 온 게 아니라고 보미 씨가 말했다. 나를 보러 왔다고 했다. 우리는 지난번 함께 올라왔던 비탈길을 내려가고 있었다. 집에서 최대한 멀어지기 위해서였다. 내리막 경사에 구두 굽이 더해져 보미 씨의 걸음걸이가 위태로웠다. 굴러떨어질 것 같아 수시로 겨드랑이를 붙들어야 했다. 보미 씨는 내 조언에 따라 거꾸로 걸었고, 한결 편안해졌다. 몇 발짝 앞에서 나를 마주 올려다보는 상태였다. 뒤에 장애물이나 요철이 나타날 때마다 내가 주의를 주었다.

"저한테 무슨 볼일이 있으신데요?"

"하나만 약속해줄 수 있나요? 올케한테 말하지 않기로요." 보미 씨가 당부했다. 보일 씨에게 말하지 말라고는 하지 않았다. 그럴 필요가 없었다.

"약속할게요." 나는 이 우스꽝스러운 연극이 슬슬 지겨웠다. "본론을 얘기하세요."

보미 씨는 라벤더색 레이스 원피스에 지난번과 똑같은 얇은 트렌치코트 차림이었다. 아직 겨울옷을 장만하지 못한 듯했다. 하이힐의 불편이 해소되자 새삼 추위가 느껴지는지 팔뚝을 쓸어댔다. 나는 수능용 더플코트를 벗어 덮어주었다. 우리는 공사가 중단된 재개발 구역을 지나쳤다.

"왜, 지난번에 땅이 있다고 하셨잖아요." 보미 씨가 더플코트 옷깃을 여미며 말했다. "파실 생각 없나요?"

"누구한테요?"

"저한테, 아, 아니, 저희 동생한테요."

나는 투자 가치가 없는 땅이라고 솔직하게 말했다. 개발될 가능성이 없다고. 무엇보다 보일 씨가 사고자 하는 거라면, 보일 씨가 직접 말했으면 좋겠다고. 그게 예의라고. "안 그래요, 보일 씨?"

보일 씨가 어깨를 으쓱하더니 가발을 벗었다. 자기 자신으로 나타나면 설명이 복잡해질 것 같아 보미 씨로 변장했다고 털어놓았다. 땅 얘기를 들었던 건 어디까지나 보미 씨였으니까. 내 전화번호는 은협의 핸드폰에서 알아내 외웠다고 했다. 보일 씨는 스타벅스 앞에서 마주쳤던 날 자기가 왜 그 꼴아서니였는지를 설명했다. 여장을 시작하게 된 이유에 대해서도.

"들키고 나니 알겠더군요." 보일 씨가 자조했다. "제 취미는 여장이 아니라 사생활이었다는 걸요."

보일 씨가 원했던 건 여자 옷을 입는 게 아니었다. 아내와 자식들이 모르는 어떤 것, 꿈에도 상상하지 못할 어떤 것을 원했다. 사생활을 원했다. 여섯이 살기에 집은 좁았다. 인구밀도가 너무 높았다. 보일 씨는 은협과, 아니면 대연과, 아니면 중연과, 아니면 소연과, 아니면 민희와 끊임없이 마주쳐야만 했다. 회사에서 지쳐 돌아와도 쉴 수가 없었다. 일하고 돌아오면 또 일이 기다렸다. 재활용 쓰레기를 버려야 했고 아기를 목욕시켜야 했다. 매일 새벽마다 우는 아기 등을 토닥여줘야 했다. 잠이 모자랐다. 그런 얘기를 들으며 나는 보일 씨가 안쓰럽다는 생각을 했다. 보일 씨에게서 취미를 빼앗은 데 죄책감을 느꼈다. 그렇게 들이닥쳐 헤집어놓을 일이 아니었다고 사과했다. 보일 씨가 손을 내저었다. 차라리 잘됐다고 했다. 이딴 짓은 적성에 맞지 않는다는 걸 덕분에 깨달았다고 했다. "그래서 땅을 사려는 겁니다."

"음?"

"개발되지 않아도 상관없습니다. 투기하려는 게 아니기 때문입니다." 보일 씨가 선언했다. "저는 땅이라는 개념을 사려는 겁니다."

"은협 씨가 모르는?"

"그렇습니다." 보일 씨가 구두를 벗어 오른손 검지와 중지에 걸었다. 이제는 똑바로 걸어도 되었다. "그래서 아내한테 얘기하지 말라고 부탁드렸던 겁니다."

무슨 돈으로 땅을 살 거냐고 물으니, 조기퇴직을 약속하고 받은 퇴직금에 상암 원룸을 뺀 보증금을 더할 생각이라고 했다. 전세 계약이 곧 끝날 거라는 사실은 안중에도 없는 듯 보였다. 집주인이 양심을 저버리고, 아들 신혼집 운운하는 거짓말을 자인하지 않으면, 그래서 길바닥에 나앉게 되면 어쩔 셈인가. 보미 씨와 조금만 늦게 마주쳤으면 좋았을 텐데, 하는 생각이 들었다. 미래가 불투명하니 온전한 판단이 어려웠다. 나는 은협이 친정에서 돌아오기 전까지 집주인에게 전화를 걸어야 했다. 그 두려운 일을 임시 은협 자격으로 대신 해주어야 했다. 보미 씨가 나타나서 방해하지 않았더라면 지금쯤 결과를 들었을 것이다. 물론 보일 씨의 취미를 빼앗은 데 내게도 일말의 책임이 있었으므로 땅과 관련한 제안을 긍정적으로 검토해야 마땅했으나, 집에 대한 걱정이 앞섰다. 이 골치 아픈 집안과 속수무책으로 엉켜버린 기분이었다. 이 년 전 은협의 주장에 따라 집을 사지 않기로 결정한 순간, 바로 그 순간 자신은 망했다고, 이미 망한 거라고 보일 씨가 나를 다독였다. 그러니 집에 대해서는 걱정하지 말라고 했다. 누가 누구를 위로하는 건지, 그게 위로이기는 한 건지 도통 알 수 없었다. 보일 씨는 은협을 원망하지 않는다고 말했다. 이렇게 될 줄 누가, 그 누가 알았겠는가. 다 지난 일이었다. 지나고 나서 이러쿵저러쿵 떠드는 것만큼 쉬운 일도 없었다. 다만 이 사태로 인해 배운 건 있었다. 은협의 생각과 반대되는 일을 하면 자다가도 떡이 나온다는 것.

은협은 땅을 못 사게 할 것이므로, 결과를 알고 과거로 돌아가도 똑같은 선택을 할 사람이었다, 보일 씨는 땅을 사야 했다. 나는 위험할 거라고 경고했다. 충분히 경고했다고, 생각한다.

"그럼 이렇게 해요." 내가 제안했다. "땅을 판 셈 칠게요. 보일 씨는 땅을 산 셈 치세요."

"셈 치라니요?"

"땅이라는 개념을 사려는 거라면서요. 개념 속에서 사면 되죠."

보일 씨가 가증스럽다는 듯 하, 웃었다. 그 웃음소리 속에서 나는, 아주 잠깐, 보일 씨의 야심을 엿보았다. 보일 씨 스스로 어디까지 인지하고 있는지는 모르겠지만, 야심이라고 나는 확신했다. 이미 그르친 일에 대한 가능성보다 새로운 가능성을 모색하는 게 합당하다고 판단했으리라. 그들은 죽었다 깨나도 집을 살 수 없었다. 그에 반해 시골 땅은 헐값에 살 수 있었고, 운이 좋으면 부자가 될 수도 있었다. 투기할 의도는 아니었으나 결과적으로 투기한 게 될 수도 있었다. 미필적 고의에 의한 투기, 보일 씨가 바라는 건 그것이었다. 양심을 팔기는 싫고 부자는 되고 싶다는 뜻이었다. 어느 한쪽도 포기하고 싶지 않다는 뜻이었다.

"얼마에 파실 겁니까?" 보일 씨가 쐐기를 박았다. "개념 말고, 현실에서."

은협은 내가 집을 뺏었다고 생각하고, 보일 씨는 내가 땅을 뺏었다고 생각하는 게 분명했다. 꼭 맡겨놓은 것처럼 굴었다. 이래서야 부부 강도와 다를 바 없었다. "제 더플코트, 이제 좀 주실래요?"

보일 씨가 화들짝 놀라더니 코트를 벗어 건넸다. 여태껏 어깨에 걸치고 있었다는 사실을 잊은 모양이었다. 여성용 겨울옷이 없는 보일 씨는 갑작스레 들이닥친 추위에 정신을 차렸다. 야욕이 걷힌, 원래의 어리숙하고 선량한 눈빛으로 돌아왔다.

"보일 씨, 뒤돌아요." 내가 명령했다.

보일 씨가 영문을 알 수 없다는 듯 나를 쳐다봤다. 거꾸로 걷지 않아도 된다는 뜻으로 하이힐을 들어 보였다. 나는 보일 씨를 돌려세운 뒤 등을 두 번 퍽퍽 때렸다. 이 만남을 비밀로 하고 싶으면 돌아보지 말고 전속력으로 뛰라고 속삭였다.

나는 원래 걷던 속도로 비탈을 내려갔다. 김치통이 실린 유모차를 넘겨받았다. 김장김치가 민희보다 무거웠으므로. 은협은 잠든 소연을 업은 채 한 손으로 유모차 두 대를 밀고 있었다. 지하철역에서부터 이렇게 왔다고 했다. 존경스러운 사람이었다.

은협이 한숨을 쉬었다. "데리러 오라고 했더니 야근한다잖아요."

"아." 보일 씨 얘기였다. "그럴 줄 알고 제가 마중 나왔어요."

은협은 안 그래도 손이 모자라 내게 전화했다고 했다. 그런데 받지 않았다고. "혹시나……."

"보일 씨와 비밀리에 만났다고 생각하셨군요."

"네?" 몹시 놀란 표정이었다. "아니, 혹시나 수능이 어려워서……."

"안 죽었어요!" 내가 외쳤다. "여기 은협 씨랑 있잖아요. 백 살까지 살 테니 걱정하지 마세요. 죽을 때까지는 안 죽을 거랍니다."

"전화는 왜 안 받았어요?" 은협이 바람둥이 연인을 둔 처녀처럼 물었다. "집에 안 가셨군요."

나는 은협이 왜 이렇게 캐묻는지 이해할 수 없었다.
집에 가든 말든 무슨 상관이란 말인가. 그러다 은협이
했던 부탁을 기억해냈다. 집주인에게 전화해달라고 했
던 부탁. 엉망진창이었다. "집에서 쉬다 나왔어요. 타이
밍이 안 맞았나보네요. 어쨌든 만났으니 다행이에요."

은협이 눈을 가늘게 떴다. "도시락통은 왜 들고 나왔
어요?"

나는 손에 들린 도시락통을 잠시 바라봤고, 놀라서
바닥에 집어던졌다. 도시락통이 비탈을 구르는 바람에
한참 쫓아가 주워와야 했다. 플라스틱이 텅텅 부딪치
고 쇠 수저가 짤랑거렸다. 그러는 동안 김치를 실은 유
모차도 후진으로 굴러 내려왔다. 무거워서 속도가 빨랐
다. 돌에 걸렸는지 기우뚱거리며 질주했다. 은협의 하
루가 수포로 돌아가려는 찰나에 가까스로 멈춰 세웠다.
다음 생이 있다면 평지에 살리라. 민희를 태운 실버크
로스를 놓친 게 아니라서 천만다행이었다.

"계란말이를 추억하고 싶어서요." 내가 사태를 수습
하고는 숨을 몰아쉬며 말했다. 도시락통을 눈치챌 줄은
몰랐다. 은협이 예리하다는 생각이 들었다. 이런 여자

몰래 땅을 사려 하다니, 보일 씨가 무모하게 느껴졌다. 사생활이 취미라는 말도 한편으로 납득되었다. "하트가 예쁘더라고요. 고마워요. 잘 먹었어요. 덕분에 서울대 갈 수 있을 것 같아요."

"다음에도 싸줄게요. 아, 아니, 재수하라는 뜻은 아니고요." 은협이 말했다. "케첩은 소연이가 뿌렸어요."

자기 이름이 들리자 소연이 은협의 등에서 스르르 내려 일어섰다. 걷기 귀찮아 지하철에서 잠든 척했던 모양이었다. "하트 내가 그렸어요, 이모."

나는 잘했다는 뜻으로 소연의 머리를 헝클어뜨렸다. 김치가 무거우니 도와달라고 부탁했다. 소연이 자기 체중과 비슷한 무게의 유모차를 만세 자세로 밀었다. 우리는 아파트 단지에 들어섰다. 101동 꼭대기층을 올려다보니 불이 켜져 있었다. 아래층도 마찬가지였다.

"집주인한테 전화는 했나요?" 은협이 내 시선이 닿은 곳을 따라가더니 겁먹은 듯 물었다. 했길 바라는지 하지 않았길 바라는지 알 수 없었다. "했겠죠?"

"했어요." 내가 미래를 과거로 만들었다.

"역시……." 마치 결과를 들은 것 같은 표정이었다.

"그럴 줄 알았어요. 제 예상을 말해볼까요?"

"은협 씨," 나는 은협과 내 귀에 전부 들리도록 말했다. "미래는 예측하는 게 아니라 대응하는 거예요."

불 켜진 빈집에 돌아와 나는 저녁으로 김장김치를 먹었다. 양념에 버무린 배추 맛이었다. 은협의 아버지가 설탕을 쏟은 덕분에 충분히 달았다. 김치가 전부 한입 크기로 잘려 있었다. 유모차에 실린, 똑같아 보이는 김치통 중에서 은협이 왜 굳이 하나를 가려냈는지 알 것 같았다. 잘린 김치를 주려던 것이었다. 엘리베이터에서 은협은 내 손목에 걸려 있던 도시락통을 억지로 뺏어갔다. 집에 수세미도 없으면서 설거지는 무슨 설거지냐고 했다. 그러더니 김치통을 건네 내 양손을 봉했다. 치밀한 여자였다. 내 몫으로 친정에서 챙겨온 거라고 했다. 차로 실어왔으면 안 받았을 텐데 고생해서 가져온 거라 사양할 수 없었다. 나는 냉장고 코드를 콘센트에 연결했다. 옷가지를 모조리 꺼낸 다음 김치통을 넣었다. 나무 수저는 물로 헹군 뒤 쓰레기통에 버렸다. 아직 아홉 번은 더 먹을 수 있었다.

나는 거실을 빙빙 돌면서 이를 닦았다. 칫솔을 들지 않은 손으로 핸드폰을 확인했다. 부재중전화가 여남은 통 와 있었다. 오전 여덟 시에 은협, 오후 다섯 시와 다섯 시 반과 여섯 시와 여섯 시 반에 모르는 번호, 아마도 보일 씨, 여섯 시와 여섯 시 반 사이에 은협. 메시지는 더 많았다. 언니, 벌써 나갔어요? 언니, 도시락 가져가요. 언니, 지하철역까지 와줄 수 있어요? 언니, 무슨 일 있어요? 언니, 언니, 언니 사이에 검찰 출석 시한이 임박했음을 알리는 메시지 한 통이 끼어 있었다. 싱크대에 치약 거품을 뱉었다. 하루가, 빌어먹을, 너무 길다는 생각이 들었다. 오늘이 가기 전에 은협과의 약속을 지켜야 했다. 아직 대응해야 할 미래가 남아 있었다. 나는 2302호 집주인에게 전화를 걸었다.

5

해바라기반 어린이들이 김세레나의 노래 〈갑돌이와 갑순이〉에 맞춰 춤을 췄다. 재롱잔치는 유치원의 가장 큰 연례행사로, 가을과 겨울 사이에 이루어졌다. 성 역할 고정관념에 대한 비판을 우려한 원장은 여아들에게 갑돌 의상을, 남아들에게 갑순 의상을 입혔다. 어린이의 인권에 대해서는 생각하지 못한 듯했다. 나일론 소재의 파란색 한복을 입은 소연은 일곱 살이나 먹었는데 이런 짓을 해야 한다는 치욕에 춤에 집중하지 못했고 색동저고리에 빨간 치마를 입은 최우람 군은 의상에서 비롯된 수치스러움에 박자를 놓치곤 했다. 객석에 앉은 은협은 전날 친정에 다녀온 여파로 온몸이 쑤셔 김갑돌 양의 귀여운 율동에 충분히 주목하지 못했다. 나는 팬클럽 회장처럼 열성적으로 라이카 셔터를 눌렀다. 전부 클로즈업 숏이었고, 심령사진처럼 흔들렸다. 좋은 각도를 찾기 위해 자리에서 일어날 때마다 뒤에서 구시렁거리는 소리가 들렸다.

"은협 씨," 내가 의자에 털썩 주저앉았다. "지난번에 집은 많이도 필요 없다고 했던 말 기억해요? 딱 한 집만 찾으면 된다고."

"기억해요." 은협이 허리를 주무르며 대꾸했다. "그런데요?"

"찾았어요."

은협이 나를 멀뚱히 바라봤다. "어딘데요?"

"은협 씨 집에서 멀지 않아요." 갑돌이와 갑순이는 한 마을에 살았더래요. "101동 2202호 알죠?"

"알죠. 잘 알죠. 가보기도 했죠." 은협이 음음음, 하는 가사에 맞춰 고개를 끄덕였다. "언니 집이잖아요."

갑돌이가 바닥에 퍼질러 앉아 다리를 구르며 우는 장

면에서 나는 일어나 셔터를 눌렀다. 연속촬영 모드로
맞춰놓은 터라 차르르르, 하는 소리가 났다. 갑순이가
시집간 데 상심한 갑돌이는 화가 나서 장가를 가고 첫
날밤에 달을 보며 울었다. 소연은 진짜로 우는 듯 보였
다. 놓치기 아까운 장면이었다.

"맞아요." 나는 다시 자리에 앉아 사진을 확인했다.
"내 집에서 살라는 뜻이에요."

"그게 무슨." 은협이 어이없다는 듯 웃었다. "언니는
요? 설마 같이 살자는 건가요?"

내가 고개를 저었다. 여섯 식구와 같이 살다니, 생각
만 해도 끔찍했다. 아무리 대가족을 이루는 게 꿈이라
하더라도 남의 가족과 살고 싶지는 않았다. "나는 은협
씨 집에서 살 거예요. 이해가 안 되나요? 쉽게 말할게
요. 집을 바꾸자는 뜻이에요."

은협네 집주인이 원하는 건 새로운 계약이었다. 터무
니없이 낮은 전세금, 이 년 전에는 적정했지만, 현재 기
준으로는 거저인 가격을 상식적인 수준으로 올려줄 세
입자가 필요했다. 임대차법에 따르면 기존 세입자로부
터 전세금을 5퍼센트 이상 올려 받는 건 불법이었다.

미래는 예측하는 게 아니라 대응하는 것. 집주인은 스스로 양심을 저버리길 택했고, 그렇다면 이제, 우리는 어떻게 대응할 것인가? 내가 그 집에 전세로 들어가고 은협이 내 집에 전세로 들어오면 해결될 일이었다. 내가 은협의 집주인에게 전세금을 주고, 집주인이 은협에게 전세금을 돌려주고, 은협이 집주인에게서 받은 돈을 내게 준다. 간단했다.

은협이 잘 이해하지 못하는 것 같아 나는 허벅지에 삼각형을 그려가며 여러 차례 설명했다. 꼭짓점에 나, 집주인, 은협이 각기 자리했다. 돈이 나에게서 집주인으로, 집주인에게서 은협으로, 은협에게서 나로 돌았다. 계획에는 틈이 없었다.

"그러면 아름답겠지만……" 은협이 새마을금고 얘기를 했다. "대출이 안 돼요, 아시다시피. 인상분을 맞출 수 없을 거예요."

은협의 이해가 왜 느렸는지 그제야 이해되었다. 설명에 누락된 부분이 존재해서였다. 내가 내야 하는 전세금이 은협이 받을 전세금보다 훨씬 크다는 것. 당연했다. 나는 예비 임대인으로서 제안했다. "그 부분은 걱정하지 말아요. 은협 씨는 원래 가격으로 들어오세요. 바겐세일이라고나 할까요?"

"모르겠어요. 저는 상관없지만, 언니한테 너무 손해예요. 언니는 무슨 돈으로 들어오려고요? 돈이 그렇게 많아요? 나무를 그렇게 많이 심었어요?"

"그렇지는 않아요." 나는 삼각형의 꼭짓점 바깥으로 선 하나를 그렸다. 종이 라벨이 달린 키세스 모양이었다. "마침 어제 땅을 사겠다는 사람이 나타났거든요. 몇 푼 되지는 않을 테지만."

은협이 난처하다는 듯 고개를 저었다. 지금껏 크고 작은 선물들을 많이 받았던 건 인정한다고 했다. 그러나 이건 규모가 달랐다. 집은 카시트나 유모차가 아니었다. 게다가 땅을 팔아가면서까지. 왜 이렇게까지 자신을 돕는단 말인가.

"돕는 거 아니에요." 내가 솔직하게 말했다. "그동안 층간소음의 복수를 꿈꿔왔거든요. 이런 좋은 기회를 놓칠 수야 없죠. 꼭대기층으로 이사하면 드럼이랑 탭댄스부터 배우려고요. 종합예술인으로 거듭나겠어요!"

관객들이 모두 기립해 휘파람을 불고 박수를 쳤다. 김

갑돌 양을 비롯한 해바라기반 어린이들의 무대가 끝난 터였다. 나는, 이번에는, 일어날 수 없었다. 은협이 내 어깨에 머리를 기댔기 때문이었다. 수락의 뜻이었다.

주말에 은협은 보일 씨와 아이들과 함께 시댁에 내려갔다. 올해 두 번째로 하는 김장이었다. 시어머니는 왜 굳이 찾아와 자기를 나쁜 사람 만드느냐고 타박했지만 내심 기뻐하는 듯 보였다. 은협은 집에서 챙겨온 나무 수저 몇 벌을 선물했다. 가격을 숨기기 위해 비닐 포장을 벗기다가 제조 공장 주소가 시댁 근처라는 사실을 발견했다. 서울로 올라오는 길에 그들은 공장을 방문했다. 스마트스토어에 주문이, 많지는 않지만, 꾸준히 들어오고 있었다. 마수걸이의 효과였다. 세상에는 생각보다 정신 나간 사람이 많았다. 도매로 떼다 팔기에 적기였다.

은협은 공장 부지를 둘러보았다. 소박하고 허름한 공장이었다. 창고에 나무가 적재되어 있었고 녹슨 기계가 버려져 있었다. 작업장에는 안전 문제로 들어갈 수 없다고 했다. 사무실에서 공장장이 도매가를 제시했다.

초록색 펠트 천을 깐 유리 테이블에 표를 내려놓았다. 사고자 하는 수량이 많지 않았음에도 썩 괜찮은 가격이었다. 예상보다 수월하게 끝나버린 협상에 은협은 손해를 본 게 아닌지 괜히 불안해졌다. 공장장이 사정을 설명했다. 최근 어린나무가 대량으로 수급되어 원가 절감이 이루어졌다고 했다. 가공하기에 편하지만은 않아서 처치 곤란이 될 게 뻔한데 들여오지 않기에는 또 너무 싸다고 했다. 싫으면 관두슈! 공장장이 느닷없이 역정을 냈다. 싸게 줘도 지랄, 비싸게 줘도 지랄, 니미럴. 싫지 않다고, 은협이 공장장을 달랬다. 어린나무고 나발이고 은협이 상관할 바는 아니었다. 도매가는 충분히 저렴했다. 밝은색으로 만들어줄 수 있느냐고 물었더니 그건 일도 아니라고 했다. 염료값이 빠지고 공정도 적어 비용이 절감된다는 것이었다. 거래는 성공적이었다. 더할 나위 없이 만족스러웠다. 사업가로서의 자질을 발견한 듯했다.

사무실에서 나온 은협은 버려진 기계 톱날 아래 손가락을 가져다대고 있는 중연과 그 모습을 구경하던 대연과 소연을 자동차 뒷좌석에 밀어넣었다. 안 그래도 좀

은데 카시트 때문에 겹겹이 끼어 앉아야 했다. 보일 씨가 자갈밭에 담배를 비벼 끄고 운전석에 앉았다. 사람 여섯에 트렁크의 김치까지, 타이어가 납작해지고 차체가 바닥에 붙다시피 했다. 출발이 굼떴다. 은색 SM5는 공장 부지에서 나와 국도변을 달렸다. 추수가 끝난 논이 지나갔다. 고속도로에 진입하자마자 소연이 오줌 마렵다고 했다. 휴게소까지는 10킬로미터 이상 남아 있었다. 주말이라 차가 막혔다. 어쩔 수 없이 다시 국도로 빠졌다. 나무 밑동만 남은 벌판에서 노인이 피켓시위를 하고 있었다. 누군가 자기 땅으로 투기를 했다는 내용이었다. '귀신이 곡할 노릇이오.' 노인이 규탄하는 건 투기가 아니었다. 자신이 땅을 헐값에 판 뒤에, 땅이 더는 자기 소유가 아니게 되었을 때 개발이 결정되었다는 점이었다. 자신이 투기의 주체가 되지 못한 데 억울해하는 것이었다. 보일 씨가 창밖을 힐긋 보더니 혀를 찼다. 불쌍해서가 아니라, 멍청해서. 멍청해서 불쌍한 것일 수도 있지만. 옆에 앉은 은협은 핸드폰 계산기를 두들기며 도매가로 산 나무 수저로 얼마를 남길 수 있는지 셈하느라 정신이 없었다.

월요일에 은협은 시댁에서 가져온 김치를 바닥에 내려놓고 2202호 초인종을 눌렀다. 통 안에 잘게 썬 김장 김치가 들어 있었다. 젓갈이 많이 들어가 입맛에 맞을지 자신이 없었다. 어깨를 주무르며 초인종을 한 번 더 눌렀다. 안은 묵묵부답이었다. 그날 나는 성가시고 중요한 일로 외출 중이었다.

"초대장을 보내셨더군요." 내가 핸드백에서 출석요구서를 꺼내며 말했다.

"아시다시피 직장인 신분이라," 현 프로가 목걸이형 아이디카드를 벗었다. "나가려면 여간 번거로운 게 아니라서요. 먼 길 오느라 고생 많으셨습니다."

사무실이 어수선했다. 한탕 해먹고 나간 떴다방의 풍경처럼 보였다. 살짝 열어놓은 문은 상패로 고정해놓았다. 빛이 창을 통해 직선으로 들어왔다. 블라인드 그림자가 줄무늬를 그리며 드리워졌다. 우리는 간단한 안부를 주고받았다. 공통된 화제랄 것도 없었지만. 내게 무슨 볼일이 있는지 의문이었다. 남편의 장례식 이후로 처음 만나는 것이었다. 제대로 된 대화를 나누는 것도 어찌 보면 처음이었다. 부조만 하고 거의 곧바로 사라졌으니까. 죄책감 때문이었는지도 몰랐다. 자신이 보낸 초대장이 남편으로 하여금 세상을 등지게 만들었다고 생각했으리라. 오만하게도.

"그 일은……" 현 프로가 미간을 긁적이며 운을 뗐다. "안타깝게 생각합니다. 상심이 많이 크셨겠습니다."

누가 누구를 위로하는지 알 수 없었다. "죽어 마땅한 인간이었죠. 그러니까, 프로님 입장에 따르면요. 안 그런가요?"

"그건 지나친 해석이네요. 모르겠습니다. 솔직히 전략일 수도 있었겠다는 생각은 듭니다." 현 프로가 어깨를 으쓱했다. "뭐, 사모님께 드릴 말씀은 아니지만요."

내가 미소 지었다. "위로를 참 희한하게도 하시는군요."

현 프로가 바닥에 놓인 파란색 박스를 발로 톡톡 두들겼다. 서류가 한 무더기 들어 있었다. 경찰이 수사권 독립을 요구해 권한을 주었더니 막상 일을 엉망으로 해온다고 했다. 성에 찰 리 없으므로 반려, 반려, 반려였다. 다시 일하시오, 계속 일하시오, 죽어라 일하시오. 자업자득이었다. 말인즉 자신에게는 나를 수사할 권리가 없다고 했다. 허심탄회하게 얘기나 하려고 불렀으니 뾰족하게 굴지 말라고 했다. 수사권은 무사안일주의에 빠진 이들에게 넘어갔고, 투기 세력의 수사나 기소에 미온적 태도를 보였던 자신의 이전 보스는 대통령 후보가 되었으니, 그야말로 온 우주가 나를 돕고 있는 게 아닌가 하는 의심이 든다고 했다. 나를 무슨 외계인으로 보는 듯했다.

"저는 종종 이런 생각을 합니다." 현 프로가 말했다. "하루만 먼저 살면 얼마나 좋을까, 하는 생각이요. 그러면 고시도 만점 받고, 로또에도 당첨되고, 이렇게 서로 마주 볼 일도 없고, 인생이 아주 편했을 텐데 말입니다. 남편분께서 딱 그런 케이스였죠. 어디에서 난 요술 시계인지는 모르겠지만, 사는 족족 땅이 개발되었으니 세상이 얼마나 우습고 쉬웠겠습니까."

"그 얘기는 남편이랑 직접 하세요."

"나무는 누구 아이디어였습니까?"

"재레드 다이아몬드." 내가 발음을 굴려 말했다. "나라의 경제를 살리려면 나무를 먼저 심어야 한다, 모르세요?"

현 프로가 호탕하게 웃었다. "댁네의 경제였겠죠. 그렇게 어린나무를 그렇게 촘촘하게 심는다? 제가 바보로 보입니까? 놔뒀으면 십중팔구 말라 죽었을 겁니다. 물론 보상받을 목적이었을 테니 상관없으셨겠지만요."

"저도 마음이 아파요. 그렇게 잘려나갈 게 아니었는데. 자라나는 아이들에게 깨끗한 지구를 물려주지 못하게 되었어요. 하지만 누군가한테는 도움이 되지 않았을까요? 이를테면 나무 수저 공장장이라든지." 물론 은협에게도. "그렇게라도 위안 삼으려 한답니다."

"소유권 이전을 하셨더군요." 현 프로가 신경질적으로 서류를 뒤적였다. 말이 안 통한다고 생각하는 듯했다. "사흘 전이니까…… 금요일이네요. 김보일이 누굽니까?"

금요일에 나는 유치원 재롱잔치가 끝나고 보일 씨와 만났다. 정확히는, 보일 씨와의 약속을 갑돌 양 때문에 미뤘다. 소연이 더 소중했다. 어쨌거나 아파트 계약 만기가 다가오고 있었으므로 서둘러야 했다. 땅은 산 가격 그대로 팔았다. 이웃을 상대로 장사할 생각은 없었다. "이웃이에요."

현 프로는 김보일의 아내인 이은협 이름으로 접수되었던 상암에서의 실종신고와, 얼마 전 촉법소년 도난신고를 알고 있었다. 소유권이전등기와 모종의 연관이 있다고 추측하는 듯했다. 나름대로 일리가 있었다. 고스톱 쳐서 딴 직업은 아닌 모양이었다.

"왜 이전하셨습니까?"

"팔라고 해서 팔았죠." 내가 사실대로 말했다. "그 전날, 그러니까 목요일이었네요. 수능 날이었으니까. 왜인지 제 전화번호를 알고 있었어요. 사정상 받지는 못했는데, 아파트 지하주차장 입구에서 변장을 한 채로 저를 기다리고 있더라고요. 네, 변장이요. 여자로 변장한 상태였어요. 라벤더색 레이스 원피스에 긴 생머리 가발에 루부탱 하이힐에, 어찌나 화려 찬란하던지. 다짜고짜 땅을 팔라더라고요, 마치 맡겨놓은 것처럼. 왜 팔아야 하느냐고 물었더니 사생활이라더군요."

"사생활?" 안경에 빛이 반사되었다.

"사생활."

"잠깐, 판 게 맞습니까? 왜 매매가 아니라 증여로 되어 있죠?"

"몰래 사고 싶어 하는 눈치였어요. 자금이 정당하지 못했을뿐더러 나중에 걸렸을 때를 대비해 빠져나갈 구멍을 만들어놓은 거겠죠. 산 게 아니라 받은 거다, 하면 그만이니까요. 세금 때문에 만류했는데 고집이 이만저만이 아니더군요. 거래는 현금으로 했어요." 나는 다리를 반대로 꼬았다. "루부탱 상자에 오만 원권을 다발로 챙겨왔더라고요."

남편과 아는 사이였느냐고 현 프로가 물었다. 아는 사이니까 결혼도 했죠, 하고 대답했더니 안경을 벗고는 마른세수를 했다. 십오 초 정도 한숨을 내쉬었다. "사모님 말고, 김보일 씨 말입니다. 남편분과 김보일 씨가 아는 사이였습니까?"

"누가 알겠어요."

현 프로가 알겠다는 듯 고개를 주억거렸다. 나는 핸드폰을 확인했다. 은협에게서 메시지가 와 있었다. 시댁 김장김치를 가져다주러 들렀었다고 했다. 먹기 싫어서 숨은 거 아니죠? 편식해도 되니 도망가지 말라고 했다. 백 살까지 살겠다는 약속을 지키라고 했다. 그래도 편식하면 백 살까지 살기는 어려울 거라고 했다. 아무래도 집을 너무 오래 비운 듯했다. "볼일 끝나셨으면 이만 가봐도 될까요?"

"개인적으로 궁금한 게 있습니다." 현 프로가 일어서려는 나를 붙잡았다. "종결된 사건이니 대답하지 않으셔도 좋습니다."

"말씀하세요."

"남편분 차에, 글러브박스에 번개탄이 있었다는 걸 알고 계셨습니까?"

"네."

현 프로가 잠시 나를 바라보더니 허탈하다는 듯 웃었다. 너무 빨리 대답한 모양이었다. 재고 따질 이유가 없었다. 나는 글러브박스 안에 번개탄이 들었다는 사실을 알고 있었다. 경찰에도 똑같이 진술했다. 삼겹살을 구워 먹으려는가보다, 하고는 대수롭지 않게 넘겼던 것 같다고. 솔직히 말하면 별생각이 없었다. 번개탄이네, 하고 글러브박스를 도로 닫은 게 전부였다. 그러고는 잊었다. 엘리베이터와 지하주차장 CCTV에 찍혔듯이 남편은 집에서 혼자 나와 혼자 차에 들어갔다. 혼자 번개탄을 피웠다.

"그게 중요한가요?" 내가 물었다. 정말로 궁금했다. "번개탄에 대해 제가 알았는지 몰랐는지가? 몰랐다면 결과가 달라졌을까요? 그이가 살았을까요?"

"그런 식으로 생각하기를 좋아하시는 분이," 말 끊지 말라는 뜻으로 현 프로가 한쪽 손을 살짝 들었다. "경찰한테 새콤달콤이 있었는지 없었는지를 묻습니까? 도대체 뭘 확인하고 싶었던 겁니까?"

"새콤달콤이 있었는지 없었는지를 확인하고 싶었어요."

압수수색이 있은 뒤 남편은 집 밖에 한 발짝도 나가지 않았다. 우편함에 시한이 만료된 출석요구서가 꽂혀 있었다. 분위기가, 이미, 초상집 같았다. 답답한 공기 속에 온종일 붙어 있으려니 곤욕스러웠다. 집이 비좁게 느껴졌다. 서로 신경이 날카로워졌다. 나는 남편이 밖에 나가 바람이나 쐬었으면 했다. 스스로를 위해서라도. 나가서 걷다보면 기분전환이 되리라 믿었다. 새콤달콤을 사다달라고 부탁했다. 딱딱한 식탁의자에 두 무릎을 세우고 앉아서 그 부탁을 했다. 부엌에만 전구가 켜져 있었다. 천장에서 뜀박질 소리가 들렸다. 드롭 조명이 미세하게 흔들렸다. 남편은 알겠다고 했다. 다녀올게, 하고는 슬리퍼를 신고 나갔다. 외투를 입지 않은 채로 나갔다. 돌아오지 않았다.

"됐어요. 좋습니다. 그래서," 현 프로가 피곤한 듯 안경을 벗고 의자에 등을 기댔다. "새콤달콤이 있었습니까, 없었습니까?"

"죄송해요." 내가 핸드백을 챙겨 일어났다. "사생활이라 말해드릴 수 없겠군요."

우리는 너무 추워지기 전에 이사하기로 했다. 12월이 오기 전에. 집을 바꾸기만 하면 되었으므로 굳이 계약 만기 때까지 기다릴 필요가 없었다. 일기예보를 확인하고 손 없는 날 중에 그나마 온화한 날짜를 골랐다. 정직 씨와 성실 씨가 각각 2202호와 2302호의 계약서를 썼다. 나는 임대인이자 임차인이 되었다. 은협은 주소에 숫자 하나만 달라졌을 뿐 여전히 임차인이었다. 죽어도 전세 살지 않으리라 다짐했지만 달리 방법이 없었다. 월세보다는 낫지 않겠는가. 요행히 딱 한 집을 찾은 터였다. 멀지 않았다. 바로 아래층에 있었다. 보일 씨의 출퇴근 시간이 길어지지도 않았고 아이들을 전학시키지 않아도 되었다. 요행은 언제나 불행과 다행 사이에 있었다.

이사 전날 나는 은협의 집에 올라가 짐 싸는 걸 도왔다. 세간이 많기도 했거니와 포장이사를 하지 않겠다고 고집을 부려 어쩔 수 없었다. 깨지기 쉬운 것을 뽁뽁이로 감쌌다. 그릇이 천 개쯤 되는 것 같았다. 소연이 뽁뽁이 위를 굴러다니며 버블을 터뜨렸다. 깨지기 쉬운 소연, 나의 김갑돌 양. 태어난 이래로 세 번째 겪는 이사였지만 이전의 경험은 기억나지 않을 터였다. 민희에게는 기억 속에서도, 실제로도 첫 이사였다. 대연과 중연은 비교적 베테랑이었다. 방을 정리하는 척하다가 모노폴리로 빠졌다. 초록색 안경을 쓴 노신사의 주관하에 땅을 사고 건물을 지었다. 중연이 내리 이겼다. 언젠가 중연을 승리로 이끌었던 '한 번만 걸려라' 전법이었다. 위기감을 느낀 대연이 같은 방법을 구사하기 시작했다. 중연은 주사위를 던지며 속으로 미소 지었다. 이제야 말이 통하는군.

우리는 각자의 집에서 마지막으로 잠들었다. 이삿날,

사다리차가 한 대만 왔다. 내 짐을 밖에 꺼내놓고, 은협 네 짐을 내 집에 채운 뒤, 내 짐을 은협네 집에 채우면 끝이었다. 짐꾼으로 벌어먹고 산 지 십 년이 지나도록 이런 이사는 처음이라고, 이삿짐센터 직원이 놀라워했 다. 모든 이사가 이러면 얼마나 편하겠느냐고 했다. 들 이는 품과 시간은 반이었고 기름값은 제로였고 이사비 는 더블이었다. 아이들이 계단을 오르내리며 술래잡기 를 했다. 계속 술래를 맡았지만 소연은 즐거워 보였다. 놀이에 끼워준 것만으로도 형아, 아니 오빠들에게 감지 덕지하는 듯했다.

새로운 취미를 마련한 보일 씨가 여자 옷을 버리러 슬그머니 밖으로 나가려 했다. 필요 없기도 했고, 이삿 짐센터 직원들에게 보이기도 부끄러웠을 것이다. 은협 이 보일 씨를 막아세우더니 버리긴 왜 버려, 하고 윽박 을 질렀다. 소연이나 민희가 자라면 입힐 생각이라고 했다. 옷에 몸을 맞추기 위해 딸들을 살찌울지도 몰랐 다. 그러한 난리통 속에서 보일 씨와 나는 한 번도 서로 를 보지 않았다. 꼭대기층에 드럼이 배송되었다. 복수 가 시작될 참이었다. 안타깝게도 탭슈즈는 해외에서 배

송 중이었다. 내일쯤 인천 세관에 도착할 터였다. 은협
이 얼떨떨해하며 미래의 종합예술인을 봤다. 농담이라
고 생각했던 모양이었다.

이사가 끝나고 나는 꼭대기층에 혼자 남았다. 이전
모습을 알아서인지 더 비어 보였다. 어제까지만 해도
은협이 살았던 집, 벽지에 낙서가 그려져 있고 포켓몬
스티커가 다닥다닥 붙은 집이었다. 남편과의 기억이 없
는 집이었다. 기억은 없되 다르지 않은 집이었다. 이걸
원했다. 원하지 않았다. 나는 소연의 방 벽지에 그려진
낙서를 손가락 끝으로 따라 그렸다. 피카츄 스티커의
떨어진 귀퉁이를 꾹 눌러 붙였다. 바닥에서 웅크려 잤
다. 일어나보니 창밖이 캄캄했다. 나는 지하주차장에
내려가 자동차 조수석에 탔다. 좌석을 최대한 뒤로 젖
히고 대시보드에 발을 올렸다. 깍지 낀 손바닥으로 머
리를 받쳤다. 발목을 까딱거리며 글러브박스에서 꺼낸
초콜릿을 깨물어 먹었다. 몸이 떨려왔다. 히터를 틀지
않아서인지 한기가 느껴졌다. 앞으로 겨울을 어떻게
날지 막막했다. 나는 핸드폰으로 비행기표를 끊었다.
가을 다음에 여름이 올 수는 없지만, 가을에서 여름으

로 갈 수는 있었다. 남반구로 날아가면 곧 다가올 여름을 맞이할 수 있었다. 하루 중 아홉 시간만 들이면 가능했다.

두 아들은 자주 집을 혼동했다. 23층에서 내려 도어록을 누르기 일쑤였다. 비밀번호를 바꾸지 않았으므로 불쑥불쑥 쳐들어올 수 있었다. 마음대로 들어왔고, 곧바로 나갔고, 우당탕탕 소리를 내며 계단을 한 층 내려가 자신들의 새로운 집에 들어갔다. 이런 게 악연인가 보았다. 드럼을 치고 싶었는데 깜빡하고 스틱을 주문하지 않아 칠 수 없었다. 손톱 끝으로 심벌즈를 두들기는 데 만족했다. 탭슈즈는 배송 중에 행방불명되어 환불된 터였다. 아무래도 종합예술인이 되기는 틀린 것 같았다.

집을 혼동하는 건 사람뿐이 아니었다. 우편물도 마찬가지였다. 어느 날 총명한 소연은 2302호 우편물을 내게 가져다주었다. 주소는 맞았지만 수신인이 달랐다. 그즈음 소연은 예비 초등학생으로서 혼자 다니는 연습을 하고 있었다. 걸핏하면 집을 헷갈리는 오빠들과는 달리 예의 바르게 초인종을 누르고 문이 열릴 때까지 침착하게 기다렸다. 소연은 천재였다.

"잘 가지고 있다가 내일 드리는 거야." 내가 현관에 쭈그려앉아 당부했다. "할 수 있지?"

소연이 고개를 끄덕였다.

"내 새끼." 나는 소연의 머리를 쓰다듬었다. 이마 가까이 꽂은 분홍색 머리핀이 헐렁해져 다시 꽂았다.

"이모, 어디 가요?"

"응. 오스트레일리아 알아? 오스트리아 말고. 오세아니아 말고. 오스트레일리아는 호주야. 네 머리가 지구라고 해보자. 한국이 여기 있으면," 내가 소연의 미간을 짚고는, 그다음으로 아랫입술을 짚었다. "호주는 여기 있어. 캥거루랑 코알라가 뛰어다니는 곳이야. 캥거루는 귀여워 보이지만 근육질이라서 싸우면 큰일 나. 또…… 여기가 겨울이면 거기는 여름이야. 겨울에 비행기를 타고 아홉 시간 후에 내리면 문밖이 따뜻하다는 뜻이야."

"왜요?"

"왜는 없어. 그냥 그런 거야." 뭐라고 설명해야 할까. "네가 그냥 몸을 긁는 것처럼. 그냥 오빠를 형아라고 부르는 것처럼. 그냥 열두 시까지 잠을 안 자는 것처럼. 그냥 삶은 브로콜리를 먹는 것처럼."

"김치도 먹을 수 있어요."

"그냥 김치를 먹는 것처럼."

소연을 보내고 나는 캐리어를 꺼냈다. 너무 커서 뭘 채워야 할지 알 수 없었다. 일곱 살짜리 여자애를 훔쳐 와 담으면 어떨까. 고개를 젓고는 빈 캐리어를 다시 집어넣었다. 필요한 건 가서 사기로 했다. 여권과 지갑만 챙겼다. 나는 거실을 돌아다니며 은협이 준 친정 김치를 손으로 집어 먹었다. 익었는지 벌써 시었다. 바닥이 거의 보였기에 배부르지만 참고 끝까지 먹었다. 통을 씻고 양치질을 했다. 소연의 침대가 있었던 자리에 이불을 깔았다. 불을 켠 채로 벽을 보고 누웠다. 귀퉁이가 떨어진 피카츄 스티커를 바라봤다. 꼬리 끝에 줄무늬가 없었다. 원래 없었는지 헷갈렸다. 엄지로 꾹 눌러도 꼬리가 자꾸 떨어졌다. 의식에 잠이 섞여들 때쯤 초인종이 울렸다.

"안녕?"

"안녕하세요." 잠옷 차림의 소연이 인사했다. 눈두덩

이 부어 있었다.

소연이 발가락을 꼼지락거렸다. 만들다 만 것처럼 생긴 발가락이었다. 왜 찾아왔는지 물어보면 실례일 것 같아 먼저 용건을 말하기를 기다렸다. 보일 씨가 사생활을 들켰나 싶었다. 부부싸움이 커져 도와달라고 올라왔나 싶었다. 센서등이 꺼질 때마다 나는 팔을 휘적였다. 고심하는 시간이 어찌나 길었던지 하마터면 벽에 기대 잠들 뻔했다. 십 분 내지 하루가 흘렀다. 마침내 소연이 용기를 냈다. 잠옷 주머니에서 무언가를 꺼냈다.

나는 눈을 감았다 떴다. 다시 한번 감았다 떴다. "그게 뭐야?"

"새콤달콤."

딸기 맛 새콤달콤이었다. 집안일을 돕고 십 원씩 받은 용돈을 모아 산 거라고 했다. 구리색 동전을 오십 개 모았다. 언제부터냐면, 상암에 다녀왔던 날부터. 내가 은협에게 했던 얘기를 들었고, 기억했다. 몇 개를 모아야 오백 원인지 몰라서 작은오빠에게 물어봤다. 바보 멍청이라는 소리를 들었다. 큰오빠가 오십 개라고 알려

주었다. 세보니 오십 개보다 훨씬 많았다. 내일 와보면
내가 없을 것 같아 엄마 몰래 편의점에 다녀왔다고 했
다. 동전을 양손에 가득 쥐고. 겁도 없이. 손바닥이 반
달 모양 자국으로 얼룩덜룩했다. 순간 눈앞이 하얘졌
고, 정신을 차려보니 내가 소연의 엉덩이를 때리고 있
었다. 울 때 아무런 소리도 내지 않는 아이를.

　초인종 소리에 민희가 낮잠에서 깨어나 울었다. 겨
우, 겨우 재웠는데. 아침에는 소연을 깨우느라, 방금까
지는 민희를 재우느라 진을 뺀 터였다. 누굴 탓하랴. 노
크해달라는 양해문을 깜빡하고 붙이지 않은 자신의 잘
못이었다. 은협은 짜증 섞인 한숨을 내쉬며 현관문을
열었다. 동대표 아주머니였다. 옆구리에 끼운 클립보드
가 눈에 익었다. 은협은 더럭 겁을 먹었다. 지난번 자신
을 집에서 쫓겨나게 했던 개별난방 동의서가 떠올라서
였다. 동대표가 은협의 얼굴과, 현관문에 붙은 호수와,
집 안과, 서류를 번갈아 확인했다.
　"사모님 안 계세요?" 동대표가 의아하다는 듯 물었다.
　위층으로 올라가보라고 말한 뒤 현관문을 닫았다. 아

기부터 달래야 했다. 잠시 후 다시 초인종이 울렸다. 동대표가 사모님을 찾았다.

은협은 날카로워지려 하는 기분을 억눌렀다. "무슨 일이신데요?"

"보일러 때문에 왔죠." 왜 역정을 내느냐는 투였다. "추워지기 전에 얼른 공동구매 주문을 넣어야 하는데 이 집만 안 알려줬어요. 아주 그냥 세월아 네월아. 나도 하루는 스물네 시간이야."

"경동나비엔이잖아요."

"그래요?" 동대표가 고개를 갸웃하더니 2202호 줄의 경동나비엔 칸에 체크했다. "나중에 바꿔달라 그러면 안 돼요. 골치 아파져."

"알겠어요." 은협이 현관문을 끌어당겨 불청객을 밀어냈다. "살펴가세요."

오지랖 넓은 동대표가 문틈에 발을 끼우고는 안을 살폈다. "사모님은 어디 가셨나보네?"

"여행 갔어요."

"위에 올라가보라더니, 사람 똥개훈련 시켜요?"

"죄송해요." 은협은 아기 핑계를 대며 동대표의 마음

을 풀어주었다. 피곤했다. "언니는 2302호에 사니까 이제부터는 거기로 찾아가시면 돼요."

"거기 새댁 집 아니에요?"

"얼마 전에 이사했어요. 집을 바꿨어요."

"이달 말일이 만기라더니 둘이서 그렇게 수를 내셨구먼. 잘됐네." 동대표가 혀를 찼다. "암만 그래도 집주인한테는 재깍재깍 전화해서 물어봐야지. 혼자 사는 아파트도 아니고, 다들 추워서 달달 떨고 있는데. 경동나비엔이면 경동나비엔이라고 나한테 얘기를 해야지."

"만기요?"

"이 집 말이야. 월세 만기라고 그랬잖아. 솔직히 다른 데로 이사 갔으면 싶었는데, 어쩌겠어요. 내가 감 놔라 배 놔라 할 입장도 아니고. 거기 사장님 돌아가신 사정은 딱하지만 우리도 피해 많이 봤거든. 하필이면 지하주차장에서 그럴 게 뭐야."

"월세요?"

"새댁 월세로 들어온 거 아니야?" 동대표가 측은하다는 듯 은협을 바라봤다. "걱정 마요. 우리는 차별 안 해요. 동대표로서 장담할게. 베란다에서 고기 구워 먹어도 아무도 뭐라고 안 해. 나 원 참, 세상이 어떻게 되려는지. 여기 집주인이랑 우리 아저씨랑 동창인데 아주 인덕 있는 분이에요. 잘 찾아 들어왔네. 부지런히 모아서 얼른 좋은 집 사요."

공항에서 나는 정직 씨와 성실 씨에게 가욋돈을 송금했다. 받는 통장에 남길 말에 '뽀찌'라고 적었다. 보조원들은 중개사의 계모임 날을 꿰고 있었다. 도장을 두고 나간다는 사실도. 목요일에 2302호 집주인에게 전화를 걸었을 때 나는 실수로 은협임을 밝히지 않았다. 집을 내놓으셨나요?라고만 물었다. 월세를 놓을 예정이라는 답이 돌아왔다. 보증금이 보일 씨에게 땅을 팔아 받을 수 있는 돈과 얼추 맞았다. 처음에는 그럴 의도가 아니었는데 외면하기에는 너무 절묘한 우연이었다. 한 달 단기 임대했다. 기존 세입자를 내보내는 게 일차적인 목적이었으니 그쪽에서도 손해 보는 장사는 아니었다. 계약 날 집주인은 나타나지 않았다. 제주도에 살았으므로 당연했다. 위임장은 중개사무소에서 보관 중이었다. 예상대로 중개사는 도장을 놓고 계모임에 갔다. 보일 씨는 내게 현금을 건넸고, 나는 집주인에게 보증금을 보냈고, 집주인은 은협에게 전세금을 돌려줬고, 은협은 내게 전세금을 보냈다. 키세스. 나는 2202호 임대인에게 마지막 월세를 입금했다. 오늘로 만기였다. 명절에 한우도 보내주고 크리스마스에는 와인을 문고리에 걸어놓고 가는 다정한 분이었다. 동대표 남편의 고등학교 동창이랬던가. 아무튼 신사였다.

탑승 시간이 가까워졌다. 전화가 너무 많이 와서 핸드폰이 뜨거웠다. 손난로로 사용해도 좋을 만큼. 송금 버튼을 누르다 하마터면 전화를 받을 뻔했다. 언니,로 시작하는 메시지가 백 통 가까이 쌓여 있었다. 야,도 있었고 쌍년아,도 있었다. 2202호 집주인, 내가 아니라 진짜 집주인이 들렀다고 했다. 다정한 신사는 내게 작별 인사를 건넬 겸, 안방의 치수를 잴 겸 방문했다. 곧 결혼하는 아들의 신혼집에 붙박이장을 설치하기 위해서였다. 물론 사전에 내게 양해를 구했고, 만날 약속도 정한 터였다. 둘 다 얼마나 당황했을까. 쌍년아,로 시작하는 메시지가 다시 언니,가 되었다. 언니, 설마 무슨 일 있는 거 아니죠? 이 와중에도 내가 죽었을까봐 걱정되

는 모양이었다. 나는 메시지를 왼쪽으로 스와이프해 삭
제했다. 그런 다음 산와머니에 대출금을, 아주 높지는
않은 이자를 포함해, 상환했다. 실버크로스며 라이카
며, 그동안 임시 은협으로서의 삶을 영위하기 위해 빌
렸던 돈이었다.

하선 씨에게서 메시지가 왔다. 엊그제 돌싱 의사의
딸을 만났다고 했다. 몰래 하선 씨의 옆구리를 꼬집고
아빠에게는 순진한 척 아양을 떤다고 했다. 밉살스러워
어째야 할지 모르겠다고. 게다가 의사가 아니라 수의사
래요. 청첩장까지 뿌렸는데, 저 사기당했어요. 나는 답
장하지 않았다. 사기는 걸리면 친 사람 잘못 안 걸리면
당한 사람 잘못이었다. 중연의 담임을 내 인생에서 내
쫓았다. 애초에 왜 들어왔는지 알 수 없었다. 현 프로에
게서 온 메시지도 있었다. 내년 삼월 대선 때 투표를 잘
하라는 독려였다. 경고인지도 몰랐다. 마찬가지로 답장
하지 않았다. 나는 핸드폰을 비행기 모드로 전환했다.
비행기를 타야 하기 때문이었다. 그러다 아예 유심칩을
빼서 변기 물에 흘려보냈다. 기계는 부츠 뒷굽으로 밟
아 쓰레기통에 버렸다. 두툼한 모피코트와 팔꿈치 기장

취미는 사생활

의 딱 달라붙는 가죽장갑도 벗어서 내버렸다. 아홉 시간 후면 따뜻할 터였다. 편도 티켓이었다.

나는 게이트로 향했다. 하늘이 맑았다. 구름이 구름 모양으로 떠 있었다. 일자로 뻗은 탑승교를 힘주어 똑바로 걸었다. 한 발 내딛고, 다음 발을 내디뎠다. 두 발을 동시에 내딛는 건 불가능했다. 한 번에 한 발짝씩. 탑승교를 걸을 때면 범죄자의 타깃이 야한 옷을 입은 여자가 아니라 힘없이 걷는 여자라는 얘기가 떠오르곤 했다. 여기는 밤길이고 나를 뒤따라오는 수상쩍은 그림자 외에는 아무도 없다고 스스로 최면을 걸었다. 살려달라고 소리쳐도 도와줄 사람이 없었다. 무섭고 눈물이 날 것 같아 양쪽 뺨을 찰싹찰싹 때렸다. 정신 차려. 아무런 일도 일어나지 않았다. 나는 복도 쪽 비즈니스 좌석에 앉았다. 활주로에서 점프슈트를 입은 엔지니어들이 이륙하는 비행기를 향해 손을 흔들었다. 내가 남반구로 날아가는 동안 총명한 우편배달부 소연은 곧 퇴근하고 돌아올 보일 씨를 기다렸다. 수신인 김보일에게 건넬 우편물을 보며 읽기 연습을 했다. 국토교통부에서 보낸 것이었다. 환수 및 추징 통지서. '및'이 어려울 것 같아 전날 미리 알려주었다. 및.

    골드코스트의 여름별장은 제2차 세계대전 다윈 폭격 때 일본에 포로로 잡혀간 장교의 후손이 개조한 것이었다. 예약할 때 왜 아시안을 꺼렸는지 이해되었다. 여름별장의 관리인은 방금까지 펍에서 포커를 치고 맥주를 마시다 온 듯한 모습이었다. 딸기코에 배불뚝이 아저씨였고, 술냄새가 났다. 흰색 반팔 티셔츠가 배에 꽉 끼었다. 비키니를 입고 산타 모자를 쓴 여자가 서핑하는 그림이 티셔츠 한가운데에 프린트되어 있었다. 뱃살 때문에 입체적으로 보였다. 파도가 거세 보였다.

    "마담 이언하이……." 척이 내게서 건네받은 여권을 확인했다.

    "은협." 내가 척을 도왔다. "은협 리. 리,라고 불러."

    오케이, 리, 하고 척이 여권을 돌려줬다. 동양인이 천천히 늙는 건 알지만 그래도 사진을 새로 찍어야겠다고 했다. 여권은 은협의 집에서 이삿짐 싸는 걸 돕다가 챙긴 전리품이었다. 세상에 공짜는 없었다. 척이 열쇠 꾸러미를 헤아리며 방마다 각기 잠글 수 있다고 안내했다. 전부 숫자로 넘버링되어 있었고 S가 적힌 열쇠 하나만 예외였다. 스페셜. 뒷문 열쇠였는데, 이것만 문 안에서 밖으로, 보통과는 반대로 잠금을 푸는 방식이었다. 문고리에 열쇠를 넣고 돌리면, 뒷문을 열고 나무 계단을 두 개만 내려가면, 남태평양이라고 했다. 네 거야, 하고 척이 말했다. 너만 쓸 수 있는 바다야.

"세 가지만 지켜줘, 리." 척이 말했다. "첫째, 외출할 때 문을 잠가. 물론 외출하지 않을 때도. 보다시피 비싼 물건이 많거든. 둘째, 다른 사람을 믿거나 도와주지 마. 살해당하지 말라는 뜻이야. 셋째, 자살하지 마. 적어도 여기서는. 정 이 별장에서 자살하고 싶으면 오너가 된 다음에 해."

"알겠어." 내가 맹세했다.

"짐은 그게 전부야?" 척이 내 손에 들린 걸 보며 물었다.

"힘이 세지 않아서." 내가 어깨를 으쓱했다. "한동안 피트니스에 가지 못했거든."

"뭐라고 읽지?"

"새콤달콤." 내가 발음했다. 손바닥을 올렸다 내렸다 하며 무게를 가늠했다. 새콤달콤이 여기 있었다. 딸기 맛이었다. 소연이 동전 오십 개를 모아 산 것이었다.

"사워 앤 스윗. 내 스위티가 선물해줬어."

"스위티라면, 남편?"

"아마도." 내가 고개를 저었다. 아마도. "밤에 먹고 싶다고 하니까 사다줬어. 다녀올게, 하고는 외투도 안 입고 나가더라고. 한국은 지금 춥거든. 여기와는 반대로 가을에서 겨울로 넘어가는 중이야. 아무튼 남편이 편의점에서 사왔어. 나갔다가 돌아왔어. 앗 추워, 하면서."

"스위티 맞네." 척이 아내의 임신 시절 얘기를 했다. 입덧이 심했을 때 웬일로 맥모닝을 먹고 싶어 했는데 깜빡했고, 다음날 아침 사다줬더니 먹지 못했다는 것이었다. 오늘은 어제가 아니야. 쌍둥이가 고등학생이 된지금까지 서운해한다고 했다. "총량의 법칙 아닐까. 여기서 내가 사워한 만큼 거기서 당신 남편이 스윗해졌으니, 지구가 평화로운 거겠지."

"어쩌면."

"직업이 뭐야?" 척이 물었다. "당신, 무슨 일 해?"

"이것저것. 탭댄서, 드러머, 포토그래퍼……" 내가 손가락을 꼽으며 나열했다. "그리고 탐정."

"사기꾼이라는 소리군."

"들켰네."

척이 돌아가고 난 뒤 나는 뒷문으로 향했다. S라는 글자가 금빛으로 작게 양각되어 있었다. 문을 여니 남태평양이었다. 아무도 없었고, 아무도 볼 수 없는 각도였다. 바다가 하늘 색깔이었다. 주황색과 분홍색과 보라색과 남색이 싸구려 아이스크림처럼 뒤섞여 있었다. 해가 지려나보았다. 나무 계단에서 옷을 벗었다. 어깨끈을 내려 원피스를 툭 떨어뜨린 다음 한 계단 내려가 도넛 모양 허물에서 빠져나왔다. 알몸으로 개헤엄 쳤다.

나는 별장 안에 들어와 몸을 닦지 않은 채 돌아다녔다. 물 자국이 발바닥 모양으로 찍혔다. 냉장고를 여니 소고기와 해산물이 가득 차 있었다. 척이 채워둔 것이었다. 응접실 소파에 누워 텔레비전 채널을 돌리며 오렌지주스를 마셨다. 팔걸이에 머리를 기대고 가슴팍에 유리잔을 얹은 상태로 잔을 기울여 주스를 천천히 입안에 흘려보냈다. 몸의 물기가 마르면서 추워졌다. 글래스고 기후조약에 대한 뉴스가 나왔다. 텔레비전을 껐다.

다음날 일찍 눈이 떠졌다. 응접실 소파였고, 대리석 바닥의 깨진 유리잔 사이로 오렌지주스가 잼처럼 말라 붙어 있었다. 오전 다섯 시, 새벽과 아침 사이였다. 창 밖이 푸르스름했다. 정원 앞 도로에 쓰레기차가 지나 가는 게 보였다. 후미등이 깜빡거렸다. 나는 남태평양 으로 통하는 나무 계단에서 원피스를 챙겨와 입었다. 여름별장 오 분 거리에 있는 숲으로 걸어갔다. 문을 잠 그고 나왔는지 기억나지 않았지만 돌아가기 귀찮았다. 숲길은 나무 그림자로 캄캄했다. 앞이 아예 안 보이지 는 않았다. 어른 나무는, 꼭대기를 가늠할 수 없을 만 큼, 키가 컸다. 하늘이 좁았다. 나뭇잎 스치는 소리가 들렸다.

"마담?"

내가 뒤를 돌았다. 검은 그림자가 가까이 다가왔다. 버건디색 윈드브레이커를 입은 중년의 부인이었다. 윤 기 나고 곱슬한 금발 머리에 놀랄 만큼 아름답고 우아 한 얼굴이었다. 눈가 주름이 의도적인 장식처럼 섬세했 다. 피부 화장은 하지 않고 립스틱만 발랐다. 조깅하던 중이었는지 숨을 몰아쉬었다. 왠지 나를 따라왔다는 인상이었다. 오른손을 윈드브레이커 주머니에 넣고 왼손은 밖에 나와 있었다.

"안녕하세요?" 내가 인사했다.

"걸음이 빠르시네요." 부인이 웃으며 말했다. "실례가 안 된다면 부탁 하나만 해도 될까요?"

"그럼요."

"신발 끈 좀 매주실래요?"

내려다보니 운동화 한쪽 끈이 풀려 있었다. 풀린 상태로 오래 걸었는지 끄트머리가 진흙투성이였다. 나는 쭈그려앉으려다 멈칫했다. 왜 나한테 묶어달라고 하지?

"팔이 불편해서요." 부인이 왼손으로 오른쪽 팔을 가리켰다. 소매가 상의 주머니에 들어가 있었다. 팔 통이 비어 보였다. 불편하다는 건, 팔이 없다는 뜻인 듯했다.

나는 부인 앞에 쭈그려앉았다. 고개를 숙이고 나비 모양 매듭을 만들었다. 이 방향에서 묶어본 적이 없어 헷갈렸다. 기억하건대 살면서 다른 사람의 신발 끈을 매준 적은 한 번도 없었다. 손가락이 엉켰다. 시간이 점

액질처럼 흘렀다. 누군가 위에서 내 뒤통수를 내려다보고, 그 모습을 내가 보지 못한다는 사실이 나를 끔찍하게 헤매도록 했다. 윈드브레이커의 옷감이 맞부딪는 소리가 들렸다. 나뭇잎 스치는 소리. 어제 척이 했던 당부가 떠올랐다. 다른 사람을 믿거나 도와주지 마. 살해당하지 말라는 뜻이야. 고개를 들자 부인이 주머니에서 오른손을 꺼냈다. 망치로 내 머리통을 내리쳤다.

숲의 나무 사이로 태양이 떠올랐다. 빛이 일직선을 그렸다. 머리통에서 새어나온 피가 흙에 길을 내며 느리게 흘렀다. 피투성이가 된 이마 아래로 놀란 듯 치뜬 눈과 헤벌어진 입이 보였다. 마침내 운동화 끈이 매듭지어졌다. 쓰러져 죽은 나로부터 내가 일어섰다. 허물을 벗듯 시체에서 한 발짝 뒤로 물러섰다. 갈라진 우주가 저쪽으로 멀어지는 게 느껴졌다. 이 우주에서 나는 무사했다.

"정말 친절하시네요." 부인이 미소 지었다.

우리는 왼손으로 악수했다. ■

나는 이 소설을 2021년 10월에 쓰기 시작했다. 기억이 맞는다면, 그다음 달에 완성했다. 현실에서 벌어지는 일들이 실시간으로 소설의 배경이 되었다.

소설은 2022년 3월, 밀리의서재에 연재되었다.

그리고 지금이다.

무슨 내용이었는지, 쓴 사람이 누구였는지 기억 안 날 정도로는 시간이 흐른 것 같다. 다행이다. 다만 처음 소설을 주문받았을 때가 떠오른다. 장편소설을 써보지 않았기에 걱정이 컸는데 편집장님이 엄청난 비결을 알

려주었다. 단편 다섯 개를 쓴다고 생각하면 된다는 것
이었다. 그래서 총 5장으로 이루어진 소설이 되었다.
편집장님께 감사드린다.

　사랑하는 나의 이웃, 이은협에게 감사드린다. 그래도
된다면, 미안하다는 말을 함께 전하고 싶다. 소설을 쓰
는 동안 나는 죄책감을 느꼈다. 이렇게 쓰고 싶지 않다
는 생각을 자주 했다. 내용을 바꾸려 노력했지만 내 마
음대로 되지 않았다. 이해해주리라 믿는다. 나는 그녀
를 정말로 존경한다.

　초등학교에 들어간 김소연에게, 한 해 늦었지만, 축
하를 보낸다. 얼마 전 나는 길을 걷다가 한 초등학교 앞
을 지났다. 왜인지 어른들이 많았다. 현수막에 새 친구
를 환영한다는 문구가 쓰여 있었다. 나는 충동적으로
모르는 아이의 입학식에 참석했다. 김소연이 없었지만
당연하다는 생각은 들지 않았다.

　끝으로, 이 소설의 주인공인 김민희에게 나의 마음
전부를 바친다.

2023년 봄

장진영

취미는 사생활

1판 1쇄 발행 2023년 4월 26일
1판 5쇄 발행 2024년 5월 3일

지은이 · 장진영
펴낸이 · 주연선

(주)은행나무
04035 서울특별시 마포구 양화로11길 54
전화 · 02)3143-0651~3 ｜ 팩스 · 02)3143-0654
신고번호 · 제 1997—000168호.(1997. 12. 12)
www.ehbook.co.kr
ehbook@ehbook.co.kr

ISBN 979-11-6737-289-5 (03810)